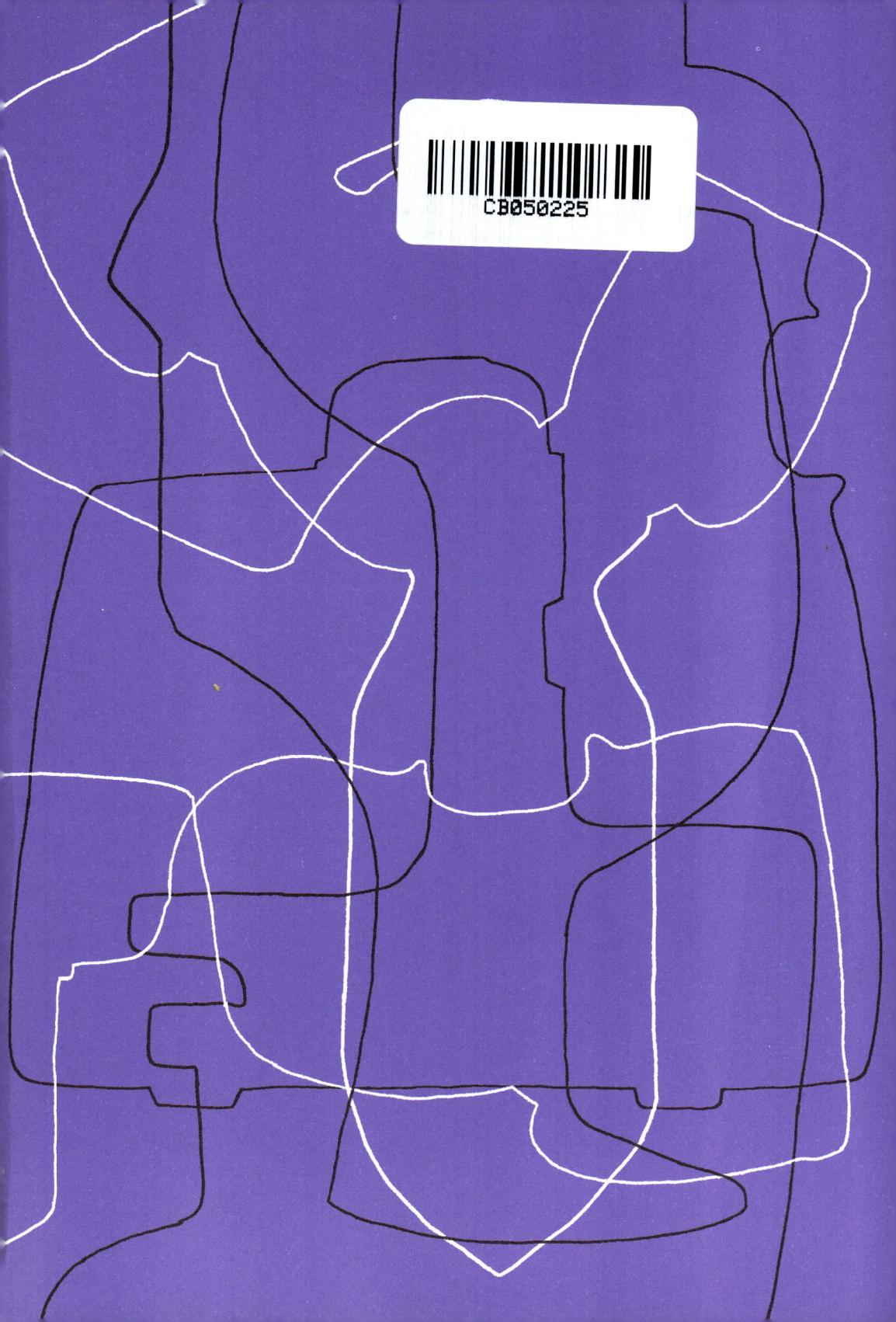

A ÚLTIMA CARTA

DAVID LABS
ILUSTRAÇÕES **CASA REX**

SÃO PAULO, 2012

TÍTULO **A ÚLTIMA CARTA**
COPYRIGHT © **DAVID LABS**
PROJETO GRÁFICO E ILUSTRAÇÕES **CASA REX**
REVISÃO **JEFFERSON DA SILVEIRA PEREIRA**
COORDENAÇÃO EDITORIAL **ELISA ZANETTI (EDITORA BIRUTA)**

1ª EDIÇÃO – 2012

DADOS INTERNACIONAIS DE CATALOGAÇÃO NA PUBLICAÇÃO (CIP)
(CÂMARA BRASILEIRA DO LIVRO, SP, BRASIL)

LABS, DAVID
   A ÚLTIMA CARTA / DAVID LABS.
ILUSTRAÇÕES CASA REX. -- SÃO PAULO : BIRUTA, 2012.

   ISBN 978-85-7848-090-5

   I. FICÇÃO BRASILEIRA I. CASA REX. II. TÍTULO.

11-13888   CDD-869.93

   ÍNDICES PARA CATÁLOGO SISTEMÁTICO:
     1. FICÇÃO : LITERATURA BRASILEIRA   869.93

EDIÇÃO EM CONFORMIDADE COM O ACORDO
ORTOGRÁFICO DA LÍNGUA PORTUGUESA.

TODOS OS DIREITOS DESTA EDIÇÃO RESERVADOS
À EDITORA BIRUTA LTDA.
RUA CORONEL JOSÉ EUZÉBIO, 95 – VILA CASA 100-5
HIGIENÓPOLIS – CEP 01239-030
SÃO PAULO – SP – BRASIL
TEL: 11 3081-5739   FAX: 11 3081-5741
e-mail: BIRUTA@EDITORABIRUTA.COM.BR
site: WWW.EDITORABIRUTA.COM.BR

A REPRODUÇÃO DE QUALQUER PARTE DESTA OBRA É ILEGAL
E CONFIGURA UMA APROPRIAÇÃO INDEVIDA DOS DIREITOS
INTELECTUAIS E PATRIMONIAIS DO AUTOR.

ESTA É UMA OBRA DE FICÇÃO. QUALQUER SEMELHANÇA COM FATOS E NOMES REAIS TERÁ SIDO MERA COINCIDÊNCIA.

A LUCI

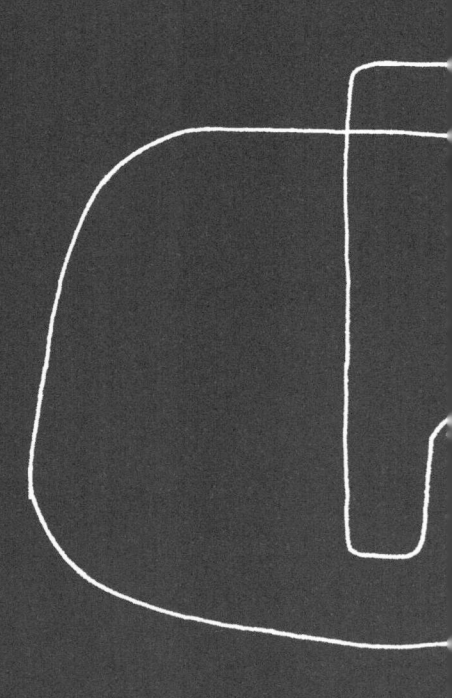

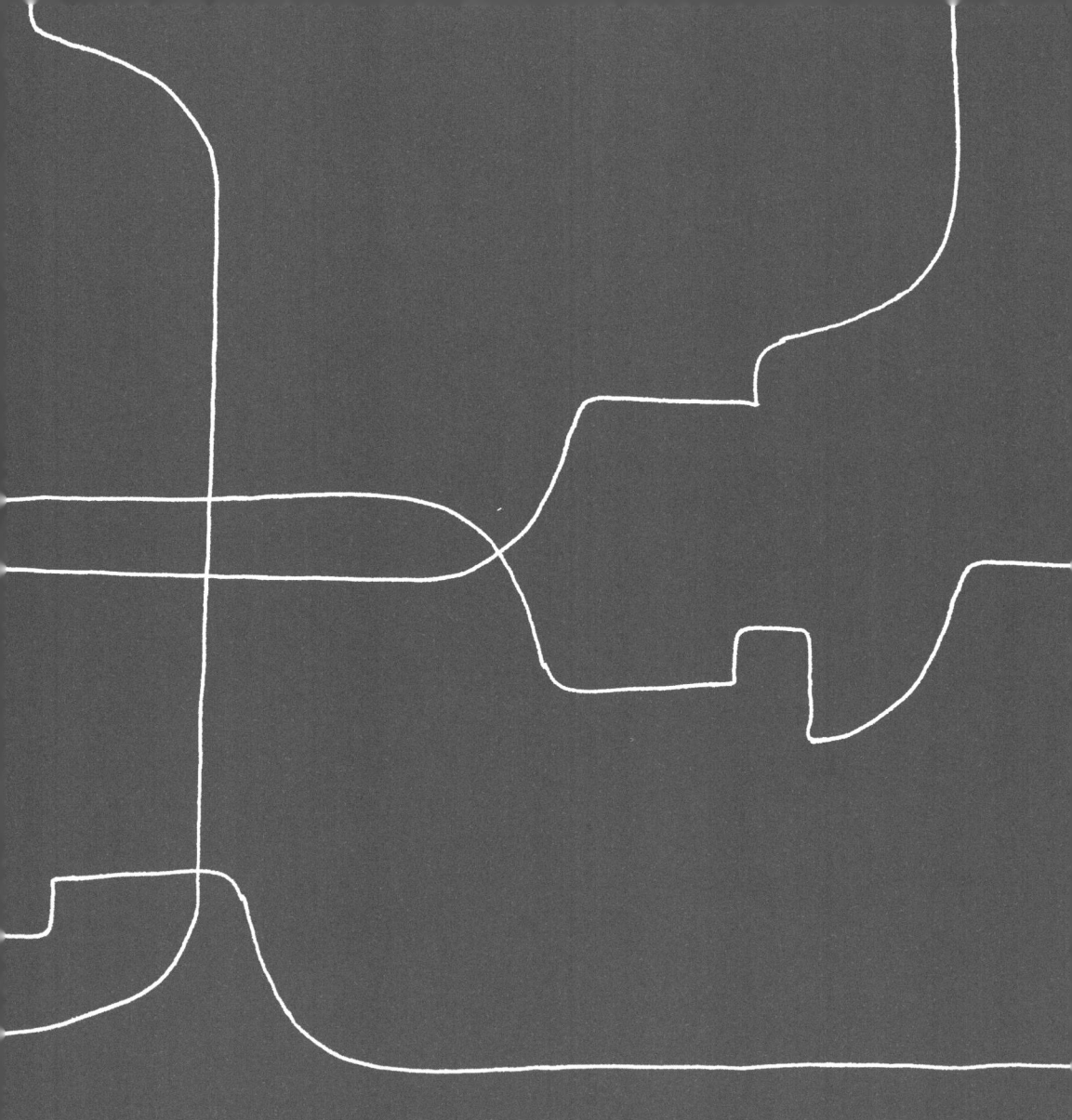

"NÃO ACORRENTEM OS MEUS DEMÔNIOS PORQUE
OS MEUS ANJOS PODEM ME ABANDONAR".

RAINER MARIA RILKE

21 DE JANEIRO DE 1944

A feiticeira encontrava-se acampada bem perto da residência do cardeal, em um istmo rochoso, o que limitava o acesso. É voz corrente ser o último dos membros daquela família, banido pela Igreja devido a práticas pouco ortodoxas, o autor dos sacrifícios de ovelhas e outros animais, sugados até tornarem-se arremedos de seres vivos. Fala-se, até mesmo, de seres humanos expropriados de sangue e outros fluidos pela fome do vampiro. Sendo assim, pairando sobre o local a certeza de que o vento sopra sobre as carcaças que jamais serão identificadas, se algum curioso além de mim visitou a bruxa, o fez no período diurno. Nenhum minuto antes do nascer do sol ou depois do crepúsculo.

Cheguei ao acampamento ainda durante a madrugada. Tomei o caminho por terra, embora pudesse ter utilizado um barco, o que teria encurtado a distância em três milhas. Mas uma tempestade ameaçava desmoronar sobre a costa.

A feiticeira levantou os olhos e sorriu. Convidou-me a sentar e disse que eu havia demorado, que sabia sobre a minha vida e adiantaria o meu futuro.

No interior da tenda fazia um calor sufocante. O calor e a solidão eram instituições ligadas entre si. Ela falou, e sua voz era um trovão. A voz de Deus ou do diabo. Iniciou um ritual e o vento de suas palavras inflou a tenda como se soprasse as velas de um barco. Eu quis sair, mas fui detida por minhas próprias pernas. Não consegui me mover.

A feiticeira explicou que um homem nascido no mar procura por mim. "A felicidade durará o tempo de uma ilusão", disse. Eu afirmei que não desejo viver uma ilusão! Por isso estava ali, para fazer valer a minha vontade. "Não se trata de vontade", ouvi, "decisão, vitória ou derrota". Não estaria viva sem uma razão misteriosa a reger meu destino. Minha vida é possível devido a uma força incoerente, oposta ao universo lógico.

Em breve, descobrirei quem é o homem a mim destinado. Ele trará a coragem de que necessito para derrotar o demônio que me impede de viver. A mulher retirou um frasco de uma coleção de tantos outros e me ofereceu, recomendando que sempre o trouxesse comigo. "A substância é altamente tóxica", falou. "Dois dias depois de ingerida leva à morte. Duas gotas perfeitas proporcionam uma morte santa. Menos que isso, apenas provoca alucinações. A escolha é sua, para o bom e para o mau uso".

    A vidente levantou-se e indicou a saída. O calor da recepção transformara-se em despedida insípida. Quando já estava distante, olhei para trás. O local era uma mancha agourenta na pedra batida pelo mar nos dois lados do istmo. A bruxa desaparecera da mesma maneira como surgira. Eu senti maior o peso da infelicidade.

O tempo passou muito devagar para Luda, a filha caçula dos Glaubens, de Vagas do Destino. Acabou seus dias na mesma casa onde nasceu, adornada por rendilhados delicados e varanda recortada por arcos ogivais que davam bem a impressão de um sossego sem fim.

Era ali, naquele vilarejo decadente, que minha família passava férias. Meu pai alugava uma casinha na Rua da Brisa, vizinha à casa de Luda. Eu a descobri ainda menino e tinha curiosidades sobre a mulher da varanda. Nos anos setenta, eu frequentava sua casa às dezesseis horas dos dias de verão, e meus pais sorriam sutilmente quando me viam saindo para os encontros vespertinos. Algumas vezes, vi meu pai balançando a cabeça por trás do jornal, mamãe me observando por cima dos óculos, e senti vergonha por insistir em deixá-los. Mas o impulso era mais forte que as relações familiares, e eu me sentia dominado por aquela urgência adolescente.

Se Luda não estivesse na cidade, não haveria bolos e cheiro de mofo, pudins de ameixa e paredes descascadas, conversas animadas e fotografias desbotadas. Férias, para mim, estavam relacionadas à presença de Luda, à sua companhia e seu passado. Se não estivesse em casa, haveria tristeza.

Ela envelhecera, por certo. Mas sobrava, em seus olhos, certo atrativo que me causava satisfação e medo. Observava-me de maneira inquietante. Seu rosto parecia uma máscara colada pelo tempo. Eu a imaginava fresca por baixo das roupas e tinha certeza de poder trazer--lhe de volta a beleza e a sedução. Eu queria ser mágico para tirar do envoltório a mulher que me fascinava. Um dia, prometia a mim mesmo, vou descobrir um jeito. No entanto, cresci, e Luda ficou guardada numa gaveta da memória.

Sentada na cadeira de balanço, à espera do carteiro, falava de verões em uma casa que se debruçava sobre o mar do Cabo. Eram muitas as reminiscências. O mais importante, porém, é que as cartas ainda poderiam chegar, mesmo que viessem do passado. Não seria adequado permanecerem ignoradas na caixa de correspondências. Por isso, sentava-se longamente na varanda.

Sua atitude poderia ser definida por obstinação. Durante muitos anos procedeu da mesma maneira. Talvez por não ter mais ninguém no mundo, habituara-se às lembranças, esperando cartas de uma alma caridosa que atribuiriam à sua existência alguma importância. Muito provavelmente seriam de alguém diretamente responsável pelo fato de existir. Mas elas não chegaram desde que voltara da única viagem que ousara empreender. "Fui a Paris nos anos quarenta e ali vivi muitas coisas. Ainda hoje sinto saudades da igreja de Saint-Eustache. Eu gostava muito de ver as nuvens sobre ela. Passeava pelo Palais Royal; ali sentava e via o mundo passar. Naquele tempo as horas passavam muito vagarosamente e podíamos sonhar. Quase se podia tocar nos sonhos, tal era a lentidão de tudo. A guerra estava terminando, e as pessoas queriam aproveitar ao máximo toda aquela paz. Pois, até a paz, parecia, podia ser tocada. Era branca, lenta, uma imensa nuvem que se transubstanciava em tranquilidade".

Lamentava não ter se casado com um artista que conhecera ali mesmo, em Vagas do Destino. Era belo e romântico. Mas era exótico demais, quase um mito, execrado pelos Glaubens, apesar de nunca terem posto os olhos no solteiro. Ele começara a assediar a moça anonimamente. Por meio de cartas furtivamente depositadas na caixa, explicava como a tinha descoberto, observando-a durante os passeios vespertinos.

Ontem *[escreveu Luda na última página de seu diário]*, enquanto rememorava os dias de minha juventude, o carteiro finalmente chegou e depositou um envelope na caixa de correspondências. Senti uma palpitação e pensei que iria desfalecer. Uma carta! Não quis acreditar. Esfreguei os olhos e atirei para longe a gata Valburga. Ajeitei o vestido e os cabelos e desci, como foi possível, a escadinha do jardim. Naquele momento achei bom não poder caminhar depressa. Devagar, fui esquecendo as mágoas do passado e revivendo imediatamente os bons momentos. Uma forte intuição dizia-me, ao mesmo tempo, que seria a última carta que receberia (...).

Eu quase posso vê-la. A ferrugem estalou quando abriu o sacratíssimo santuário. Enfiou a mão de unhas bem-pintadas e puxou o envelope. Estranharia o fato de ser tão amarelo, quase se desfazendo ao ser apalpado. Abriu a carta sentindo a mesma opressão e alegria de seus tempos de juventude.

Paris, 30 de maio de 1945.

Querida Luda,

Vivo esta dor por não estar com você. Não quero que a felicidade acabe aos poucos, que feneça após as promessas, o beijo na rua molhada, a rosa comprada numa madrugada, o céu debaixo da colcha azul, a estrela única no céu, seus sapatos sobre a mesa, os morangos, todas as músicas, a poesia de cada momento, o vazio depois das partidas e o êxtase do reencontro.

Vivemos momentos que não poderiam ser contidos em uma única existência e continuo a amá-la, apesar dos desencontros. Trago nos lábios a saudade de nosso último beijo sob a proteção de Saint-Eustache e anseio por nosso reencontro. Minha missão perdeu o sentido, não mais sou necessário. Esta é a última carta que escrevo. Você sabe onde me encontrar.

JM

Luda provavelmente se lembrou daquele período parisiense no final da guerra, quando imaginou que poderia viver junto ao namorado e às seduções da cidade.

Era o momento em que as ilusões da existência mais importavam. A satisfação concebida no imaginário era a única realidade importante e aquela última carta, esquecida em uma gaveta qualquer, trazia de volta a sensação ondulante da paixão.

Valburga deve ter se enroscado novamente nas pernas de Luda e foi gentilmente acariciada pela mulher que, soluçando, entrou na casa vazia.

(...). Olhei nos olhos de meus parentes. Não parecem ter nenhuma opinião agora, e seus semblantes são desprezíveis. Não os culpo pela solidão, por esta vida sem sentido e sempre à espera, pois não permaneci em Paris devido às circunstâncias. Hoje, vejo que deveria ter seguido a intuição e partido em busca do amor. De qualquer maneira, agora, nos encontraremos.

Luda viveu a maior parte da vida esperando pelo reencontro com o namorado, que não poderia tê-la esquecido. Naquela noite de 1996, mergulhou no oceano de cartas e lembranças, trazendo de volta um passado iniciado pela caprichosa sedução do anonimato.

DC

AGOSTO DE 1939

Não posso ter por Vagas outro sentimento além do desprezo. As pessoas daqui veem beleza onde vejo pretensão e arrogância. Roupas estupendas, sapatos inacreditáveis, jardins magníficos, casas que não são apenas casas, são vivendas! Ainda que desnecessários e mentirosos, os elogios são referências no convívio. Atrás deste mundo, se sobrar coragem (e quase todos são covardes), é possível perceber o vazio escondido pelas fachadas ordenadas, a infelicidade das mulheres, os segredos compartilhados pelos homens. A hipocrisia é a doença desta sociedade odiável.

Não compreendo o apego orgulhoso das pessoas à cidade e me nego a seguir os preceitos de respeito a este lugar que considero uma grande escarradeira. Aqueles que ousam erguer a cabeça acima da realidade, imediatamente são puxados de volta pelos fariseus que aqui habitam. Este povo nasceu dos escarros do diabo. E nem mesmo ele desejou ver seus dejetos: escondeu Vagas do Destino sob nuvens pretas. Admiro Sara a cada dia que passa e sinto saudades.

Imagino para mim um homem arrebatador, ninguém parecido com os rapazes de olhares conformados vistos nas ruas, tampouco alguém próximo à minha família. Não! Ele seria capacitado a mostrar um rumo novo, conhecedor das constelações e do prazer de andar descalço na praia. Alguém que, nu, não relutaria em entrar no mar, obsceno em sua magnitude. Mas são conjecturas apenas permitidas quando ponho a cabeça no travesseiro e ouço as ondas na praia deserta.

Em 1939 e 1940 Luda escreveu relatos atormentados, inquietos, inacabados. Não havia ideias lineares, claras. Perguntava-se como seria se persistisse nas preces. Demonstrava preocupação com os castigos divinos, achava que era perseguida pelo demônio de um pesadelo infantil.

Acabou decidindo, talvez para ser possível prosseguir, escrever cartas, encontrar, por meio delas, alguém que pudesse salvá-la, livrá-la dos medos, opressões, tornar possível a felicidade.

17 DE AGOSTO 1940

Todos os dias levo aos Correios um bocado de cartas. Vão para editoras, encomendando livros e revistas; escrevo para amigas de infância, casadas e morando em outros lugares, especialmente para Sara Bluma. E para qualquer outro endereço que ofereça uma possibilidade epistolar.

Lamentavelmente é raro receber respostas, a não ser das editoras, que agradecem. Sento na cadeira da varanda com um livro, mas não consigo me dedicar à leitura. A caixa nova de correspondências é uma força magnética a atrair com insistência a minha atenção. Verifico constantemente o interior do cubículo e a mola da bandeira, invariavelmente abaixada. Não me conformo.

Quatro anos depois, em 12 de março de 1944, Luda recebeu a primeira carta do admirador anônimo. O coração da moça deve ter saltado quando rasgou o envelope e sentiu o perfume fortemente cítrico. Estava escrito:

Não sei se é dia, hora e momento. Vou me ocultar por isso e por não encontrar elogios suficientes. Beijo-a.

Até breve.

Era o início de um romance que naturalmente atrairia seu afeto, uma compensação pela aflição sofrida no dia anterior, uma experiência marcante, resultante da recusa de estar presente a um jantar que aconteceria em sua casa em 14 de março.

O monstro perturbado me espancou *[escreveu ela no dia 12]*. Foi a primeira vez, embora tenha tentado outras vezes. Mamãe permitiu, e houve um momento em que senti que me segurava a fim de facilitar o serviço. Não importa. Jamais vou me dobrar à vontade deles. Há de haver uma saída. Penso em fugir para longe. Gostaria que morressem todos. Percebi que a carta deve ser um segredo.

A seguir, havia desenhos feitos a lápis: acima, Deus. Abaixo, o mundo, representado pela cidade de Vagas do Destino, onde todas as pessoas tinham véus negros sobre as cabeças e um único homem caminhava com a cabeça descoberta. Estava próximo a uma mulher (provavelmente a representação da própria Luda) e fazia um gesto para tirar-lhe o véu. Em 15 de março de 1944, ela escreveu impressões sobre o jantar:

(...). Vinte pessoas estavam presentes, todas rigorosamente bem vestidas. Elas imaginam esconder suas fissuras com tecidos caros. Meu pai oferecia charutos aos homens enquanto mamãe convidava a todos para uma demonstração dos meus dotes pianísticos. Infelizmente, sou capaz de tocar peças de suaves dificuldades.
Sentei ao piano e executei sonatas e noturnos. Minhas dificuldades passaram despercebidas pela assistência, inapta para reconhecer qualquer erro de harmonia.
Todos os habitantes daqui conhecem pretensiosamente a boa música e livros de boas capas não faltam nas bibliotecas

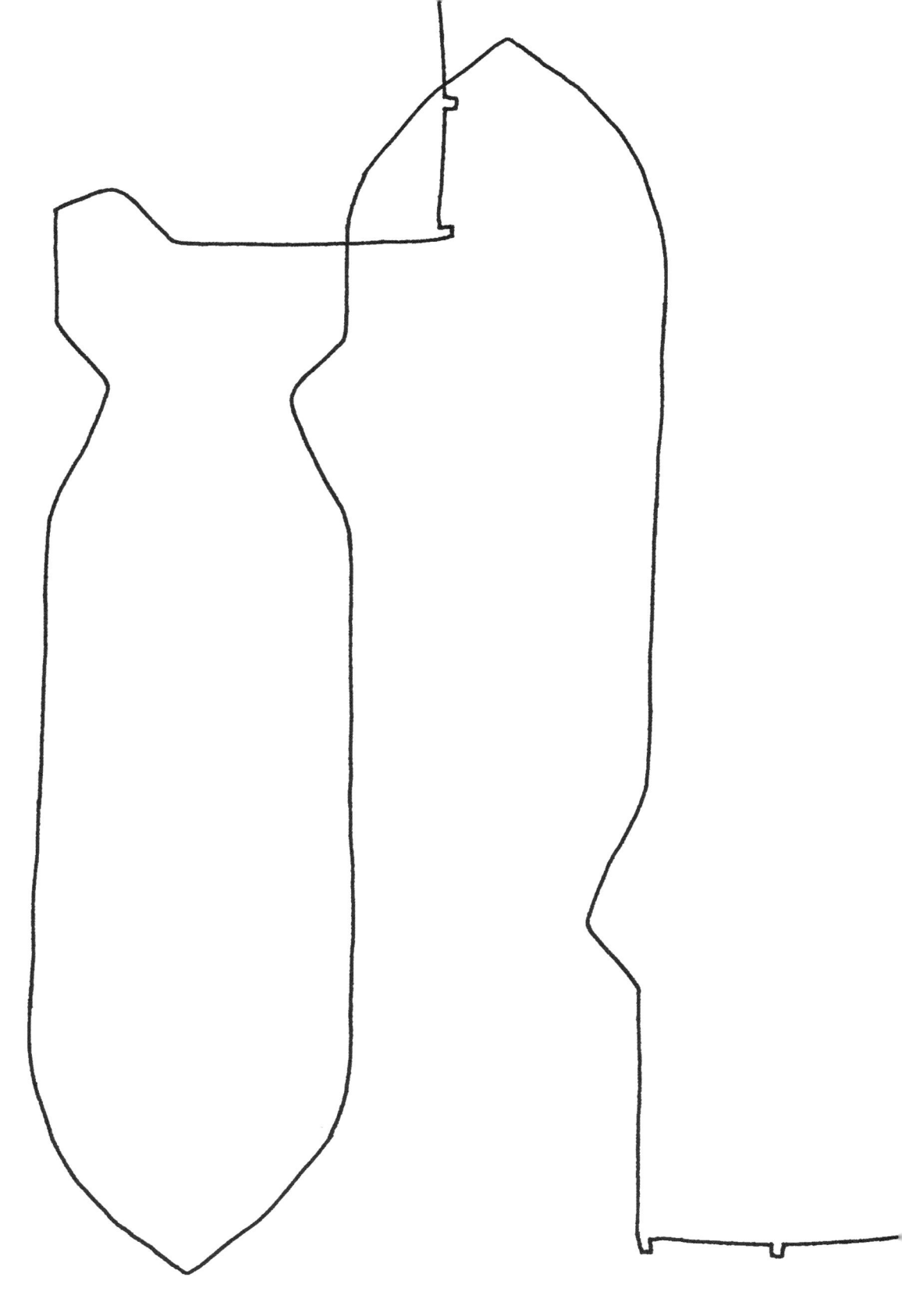

residenciais, reluzindo em suas prateleiras. Alguns, decorados em sequências inteiras, são aplaudidos nos saraus, quando vozes de ninfetas, que mal apontam os seios para o céu, ou os timbres forçados dos varões imaturos, revezam-se nas representações dos excertos. Tais comportamentos causam espanto, pois eu mesma sou leitora voraz e não compreendo tudo o que leio. Acredito que as leituras exigem responsabilidade. Não se pode decorar algumas páginas e dizer que se conhece um livro. Heréticos. (...)

O jantar daquela distante noite de março de 1944, segundo o diário, foi até às vinte e três horas, entretendo a todos com o adestramento circense das criaturas engomadas. Luda sabia que o pai, Lothar, estava estabelecendo os termos de um casamento com o filho de um amigo. O noivo destinado estava presente.

(...). Senti náuseas ao ser chamada por meu pai. Sabia que ele queria contar sobre o convite feito aos Gentilles para visitarem a casa do Cabo. (...) Lucas ergueu a corcunda e cravou as sobrancelhas em mim. Sorriu, mostrando os dentes amarelos, e disse que ficaria encantado se eu o levasse para passear. Vou ter uma terrível indisposição, pensei, olhando para o olho peludo. Eu começo a ficar preocupada.

Havia outras impressões sobre o rapaz, críticas mordazes. A julgar pela página a seguir, os temores da jovem vinham de longe.

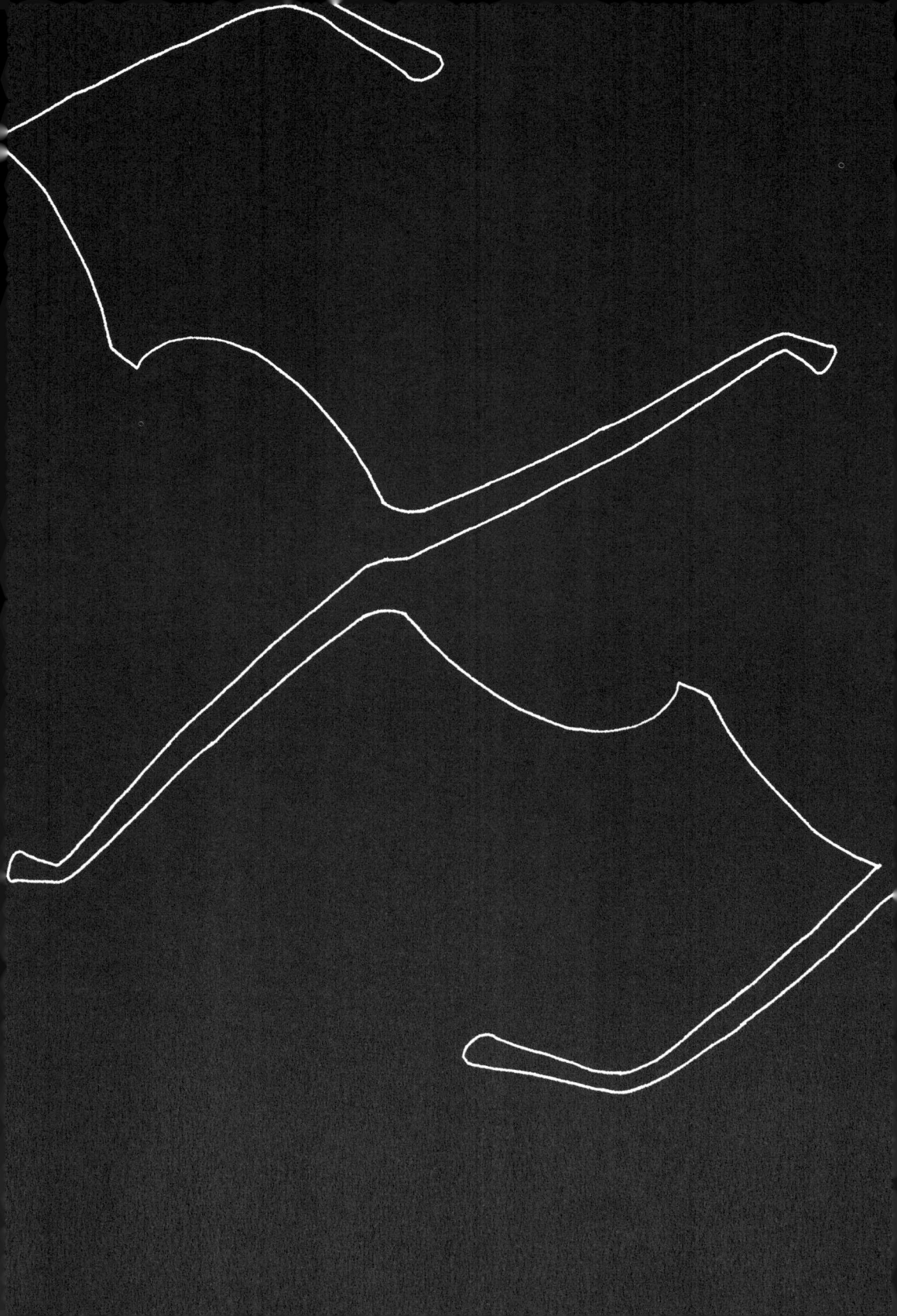

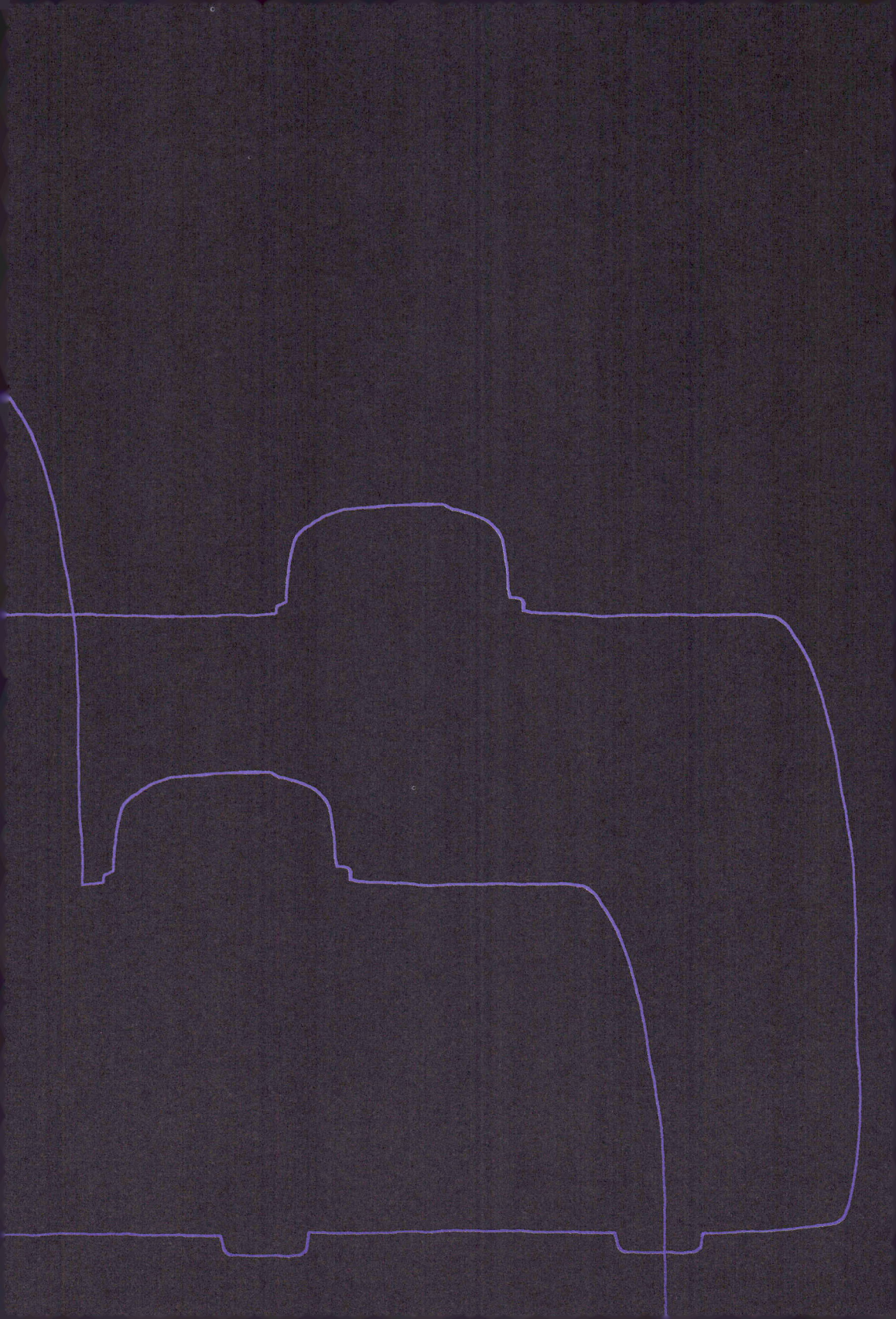

15 DE SETEMBRO DE 1939

Odeio quando meu pai diz que vou me casar com Lucas Gentille, e eu bem conheço as razões para a escolha. Nem mesmo a mais abnegada moça de Vagas do Destino poderia conceber, ou deglutir, a ideia de se casar com ele. É o mais rico entre as possibilidades da cidade, mas é muito feio. Corcunda, narigudo e dentuço são adjetivos gentis. Cumprimenta a todos esticando a mão, sempre direcionada pelo pai, devido à total falta de coordenação, apesar dos vinte anos. Usa óculos de lentes grossíssimas, mas seus olhos estão constantemente pregados ao chão. Provavelmente por isso tornou-se negociante de tapetes. Todas as casas daqui são decoradas com os mais exuberantes tapetes importados por ele, na verdade uma marionete manejada pelo pai. Odeio Lucas. Odeio meu pai.

Escrevendo em 1943, Luda oferecia ao menos uma razão para odiar o pai. Não deve ter sido fácil superar o terrível acontecimento (que provavelmente repetiu-se em outras ocasiões), mesmo em se considerando a compensação vinda a seguir. Tinha, então, doze anos.

(...). Me lembro bem daquela noite em 1934, uma experiência física. Era um demônio pesado, palpável. Tinha olhos vermelhos e aparvalhados. Banqueteou-se com meu corpo, mugindo num prazer intenso.

Eu movia o corpo, buscando livrar-me daquele peso e erguer-me, mostrar um símbolo, a cruz em meu pescoço. Queria atirar uma prece, acreditar na salvação. Em vão. Eu jamais derrotaria aquele demônio. (...). Eu sentia frio, estava hipnotizada, presa do torpor. Não sabia se estava desperta, confundia pesadelo e realidade, mas vi o invasor ir embora. Eu ia morrendo lentamente enquanto sentia o sangue escorrer em minhas pernas. Minha mãe veio e me convenceu que se tratara de um pesadelo e o sangue era da minha menstruação, a primeira. Não quis perguntar, entender o que havia acontecido. Dias depois, foi meu aniversário, e ganhei uma máquina de escrever, uma *Underwood*, e dois frascos de tinta vermelha para o diário. Fiquei feliz e agradeci a meu pai, mas não esqueci o ocorrido. Ao contrário, desde então, esperei que algo o atingisse, que uma desgraça o levasse e, agora, finalmente, ele teve o seu castigo. Está gravemente doente.

Recebida alguns dias depois do jantar, a segunda carta anônima deve ter espantado as aflições, ao menos momentaneamente. O perfume de limão antecedeu o texto que, nas primeiras linhas, já efetivaria a paixão de Luda pelo desconhecido.

TR

ÊS

VD, 20 de março de 1944.

Aqui estou novamente, não se assuste. Para deixá-la um pouco mais tranquila, peço licença para uma digressão. Vou falar um pouco de minha vida.

Nasci em Lombok, filho de um aventureiro que comprou uma pontinha da ilha, casou-se com minha mãe, e construiu uma casa agradável.

Quando nasci, fui apresentado a um céu de estrelas incontáveis. Uma imagem que sonho ver novamente: minha casa e o oceano de estrelas.

Por muitos anos permaneci ignorante de escolas e do mundo. A única linguagem que conhecia vinha das canções de minha mãe e do sorriso de meu pai, de quem nunca, em tempo algum, ouvi palavras. Ele apenas sorria. E foi sorrindo que, numa noite sem lua, mergulhou para a morte. Dias depois, minha mãe também desapareceria, deixando-me sozinho. Ilha numa ilha. Sem canções, nem sorrisos. Fechei as janelas e porta de junco, pedi silêncio ao oceano e escuridão às estrelas, e parti em direção ao continente desconhecido.

Poucos anos foram suficientes para empreender uma formação mediana, proporcionada pela bondade de minha família adotiva. Vi os salões dos ricos e a miséria. E vim dar aqui, perto de você, que me excita a vontade de rever minha ilha.

Mas não vou agora. Tranquilize-se. Não partirei, deixando-a curiosa para ver o meu rosto. Um dia, estaremos debruçados sobre o mar enquanto as estrelas preguiçosas irão acordando devagarzinho, até explodirem sobre nossos corpos, que as ignorarão.

Por hoje é tudo. Vou dormir para sonhar com seus beijos.

Era excitante! Ser admirada por alguém vindo do outro lado do mundo! Luda apanhou o atlas e localizou Lombok. "(...). Um livro nunca traduziu tão perfeitamente a idealização de encontrar uma alma gêmea", escreveu. Surpresa com a primeira carta, emocionada com a segunda, relacionava o admirador a um romance pleno. Entretanto, dadas as circunstâncias, ainda não poderia deixar de se preocupar.

22 DE MARÇO DE 1944

Há duas noites não consigo dormir. Sinto-me desestimulada para a vida. Meu admirador nunca esteve comigo e, no entanto, tudo parece pleno de sua existência, de seu perfume! As sensações são tão vívidas que tenho vontade de gritar. Estranha forma de se conceber o amor. Vou apagar a luz e engolir a angústia enquanto espero para ser amparada.

De manhã, indo cumprir a rotina de professora na escola infantil, contou, quase não reconhecia a cidade. À tarde, depois das aulas, ia para a praia. Fechava os olhos diante do mar, soterrando a vida, as pessoas e a si, sob a pesada solidão.

23 DE MARÇO DE 1944

Preciso de um mundo onde as possibilidades de uma vida possam se realizar. Ainda não posso dizer: Vejam! Aqui estou e tenho algo de meu! É meu este mar, é minha aquela rocha íngreme, cuja existência talvez dure a eternidade. É minha esta areia que escorre por entre meus dedos! É minha esta terra, na qual certamente serei enterrada quando morrer! Não! Ainda não falo a ninguém quanto sou feliz nesta ilha! Mas, um dia, todos saberão.

Nenhuma outra carta chegou no decorrer de muitos dias. Luda sentia-se ferida de morte. Teria sido esquecida? A família preparava-se para ir ao Cabo em companhia dos Gentilles. A mãe, Gardênia, já havia garantido a presença de todos, inclusive da filha caçula, contestada em todas as suas desculpas. A perspectiva de estar com Lucas era ameaçadora. Não suportava a possibilidade de ser formalizado um noivado nos próximos dias. Era a intenção do pai.

As irmãs estariam acompanhadas dos respectivos maridos. Elizabeta era casada com Apogeu Krause Terceiro, advogado, filho de um armador. Sissi desposara Juvenal Senador, engenheiro de barcos. Reúno aqui as opiniões de Luda sobre os casais. Embora o diário não registrasse os dias, as páginas foram escritas nos anos em que, provavelmente, se deram os casamentos.

SETEMBRO DE 1942

Elizabeta se casou com Apogeu Krause Terceiro. É um homem baixinho, de queixo proeminente e cabelos ensebados pelo suor excessivo. Na Itália, gaba-se, sente-se em casa. "Nenhum país é tão grandioso e tão estimulante!". É absurdamente convencido de sua intelectualidade, provavelmente forjada para compensar a adiposidade infantil a contornar todo o corpo. Elizabeta é a esposa ideal, ela própria se convenceu. O marido lhe oferecerá a vida tranquila com a qual sonhou. Para ela, é visceral a necessidade de esconder-se atrás de alguém que possa efetivar sua dedicação à Europa. O velho continente é o limite de seus sonhos. Toda a sua vida é fundada nos tecidos europeus, nos romances de costume, nas paisagens irlandesas, que descreve como se lá estivesse anualmente. Casada com Apogeu, poderá realizar seu desejo de viajar, mas apenas para países civilizados! Jamais faria viagens cabotinas! (...).

MAIO DE 1943

(...). Sissi casou-se com Juvenal Tadeu Senador, um barão. Ele soube encontrar uma dona de casa capaz de engomar suas camisas virtuosamente brancas. Embora o bigode lhe atribua certa dubiedade, todo o comportamento do Senador é formalizado pelas atitudes típicas de um homem insuspeito em sua heterossexualidade. Contudo, não questionou o presente oferecido, por ocasião das núpcias, por Abrão Constante, o marceneiro: uma cama! Todos fingem não saber dos encontros de Sissi com o marceneiro. O próprio barão não gosta de ouvir os mexericos e deverá se calar quando minha irmã sair de casa no final da tarde para fornicar com Abrão sobre a serragem da oficina.

Luda não desejava nenhum casamento arranjado. Ela mesma queria encontrar o amor, e o tinha encontrado. Permanecer na cidade enquanto todos estavam no Cabo daria a oportunidade para o admirador secreto se aproximar. Elaborou um plano para evitar a viagem de Lucas Gentille. Era simples.

26 DE MARÇO DE 1944

Tenho de evitar a viagem dos Gentilles. Basta tirar os óculos de Lucas. Ele não será capaz de dar um passo fora de seus tapetes. O terreno do Cabo é muito irregular, empecilho convincente para os pais zelosos da saúde do rebento. O primeiro passo seria convidá-los para me acompanharem no carro de meu pai. Meus pais poderiam ir com Sissi, Elizabeta e os maridos. Será uma atitude bem-vista pelas duas famílias. Uma demonstração de afeto e cuidado. Ainda não sei como solucionar alguns detalhes, mas saberei.

O impulso e a coragem chegaram juntos a outra carta, que dizia o seguinte:

VD, 28 de março de 1944.

Querida Luda,

Hoje estivemos bem próximos. Tive medo de ser denunciado pelas palpitações de meu coração. Você entrou na farmácia enquanto eu pagava a minha compra. Foi então que eu soube de sua viagem. Perdoe-me a indiscrição, mas você foi bastante clara ao afirmar que sua mãe queria suprir a maleta de socorros para levar ao Cabo. Soube até das dificuldades de acesso à casa, um Éden, em suas próprias palavras. Disfarcei a minha decepção, voltando-me para a rua, fingindo ajeitar o dinheiro na carteira.

  Esta noite não pude dormir. Fiquei preocupado com a tristeza aparente em seu rosto. Quando o boticário comentou que seus olhos eram olhos de uma mulher apaixonada, você respondeu com um suspiro que trazia lamento e decepção. Quero tocá-la, meu amor. Preciso! Não devo permanecer muito tempo nesta cidade e sonho com o dia em que partiremos juntos. Desejei encontrá-la nos próximos dias, mas conformei-me com sua ausência temporária. Caso haja alguma mudança em seus planos, escreva uma carta e leve ao boticário. Ele saberá como me encontrar.

Beijo-te
PS — Breve, assinarei.

Estivera perto dele e não fora capaz de perceber! Como o amor pudera ser tão sutil?! E quanto à advertência de que não deveria permanecer por muito tempo na cidade?! Partiria?! Ah, não! Ele não partiria sozinho. Se fosse necessário fugir, Luda fugiria! Se fosse preciso esquecer a família, ela esqueceria. Imagina! Casar-se com Lucas Gentille diante da possibilidade de sentir-se verdadeiramente amada! Era preciso colocar o plano em ação e permanecer na cidade. Saiu de casa para visitar os Gentilles, mas desistiu. Decidiu, antes, experimentar se seria possível comunicar-se com o misterioso apaixonado.

Vagas do Destino, 29 de março de 1944.

Prezado,

Como posso saber que não se trata de uma brincadeira?

Seguiu as instruções contidas na carta recebida e fez uma visita ao farmacêutico.

29 DE MARÇO DE 1944

(...). Seu Libório perguntou se meu pai teve outra síncope ou se mamãe estava novamente com a insônia, já com as gotas nas mãos. Respondi que meus pais estavam bem até demais! A bem da verdade, preferia que tivessem uma indisposição qualquer. Seu Libório abriu a boca, como é de seu feitio quando se admira de qualquer coisa. É só uma brincadeira, falei. Mandei que fechasse a porta e fui logo dizendo que ninguém nos havia visto. Ele temia por estar sozinho com a filha de um dos homens mais influentes da cidade e quase noiva do mais rico. Olhei nos olhos do homem como um Glauben bem sabe fazer. Ajeitei os cabelos no coque, caminhei na extensão do balcão e voltei, assoviando durante o tempo necessário para que o Sr. Libório recuperasse o autocontrole. (...). Entreguei a carta e pedi que levasse ao homem que bem sabia quem era. (...)

O procedimento dera certo, pois logo, provavelmente na manhã do dia 30, a resposta estava na caixa de correspondências. Destinatário e mensageiro foram ágeis.

VD, 29 de março de 1944.

Cara,

Sou sobrinho do cardeal e me encontro hospedado na casa do istmo. Sou filho de seu irmão aventureiro, o infeliz que bebia todo o tempo e dizia que o mar o levaria um dia. Meu pai se casou com uma nativa das ilhas do Oceano Índico e eu nasci. Quando fiquei órfão, fui educado por um diplomata francês. Num encontro casual, o cardeal soube da história pelo homem que havia me adotado. Nos conhecemos em Paris.

Agora estou em Vagas para pintar afrescos na cripta do cardeal. Logo voltarei para a França, onde vou estudar pintura. Não parti ainda por não ter concluído os afrescos. Desculpe por ser esquivo. É tudo o que posso dizer.

30 DE MARÇO DE 1944

(...). Há décadas o cardeal não é visto em Vagas do Destino. Mas eu sempre ouvi falar dele. No passado, não abria sua casa para as recepções e sempre seguiu o comportamento exótico de sua família. Seu avô teria recebido das mãos do imperador a propriedade e as ruínas romanas sobre as quais foi construída a casa, austera. Ser sobrinho do cardeal é assustadoramente cruel! Os homens da família mantiveram as mulheres em cárcere privado e muitas morreram sufocadas nas masmorras romanas!

Estava em dúvida se deveria pôr em prática o plano para afastar Lucas Gentille. Talvez ele fosse opção melhor que os calabouços romanos da residência de verão do cardeal. Estava me conformando. Também poderia matá-lo, atirando-o no precipício, no Cabo. Resolveria assim minha vida. Estaria livre das masmorras e do monstro de hormônios púberes. Mas, nesta tarde, ao chegar em casa, percebi que a bandeira da caixa de correio estava levantada. O envelope não estava selado, nem tinha carimbo algum (...).

VD, 30 de março de 1944.

Caríssima,

Faltou dizer, na carta que lhe enviei ontem, que não tem sido confortável ficar olhando a paisagem quando a noite cai. Eu queria tocá-la e saber o que pensa a mulher amada a respeito de seu cavalheiro misterioso.

Imaginei mil possibilidades e nenhuma pôde definir-se.

Envie notícias. Caso esta seja a última carta que lhe escrevo, aqui me findo.

Jacques

Ele fora perspicaz. Luda queria desvendar as entrelinhas para não ter dúvidas ao tomar a decisão.

(...). Tenho medo de me expor a alguém que parece ser minha personalidade duplicada, pois eu teria escrito nos mesmos termos. Talvez existam mesmo almas gêmeas.

Sinto um cansaço desalentador. Agora, estou sentada na varanda e deixo os pensamentos fluírem. Jacques é (sic) bonito. Seu olhar é profundo e infantil ao mesmo tempo (...).

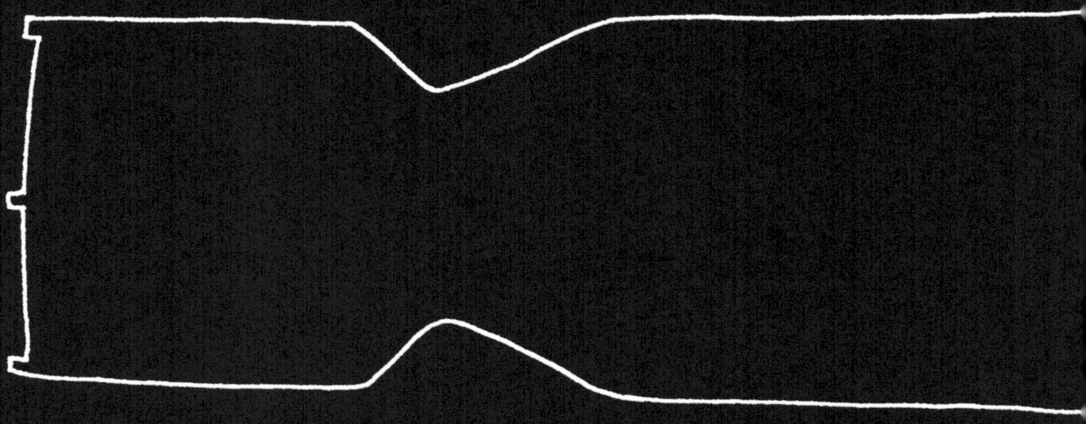

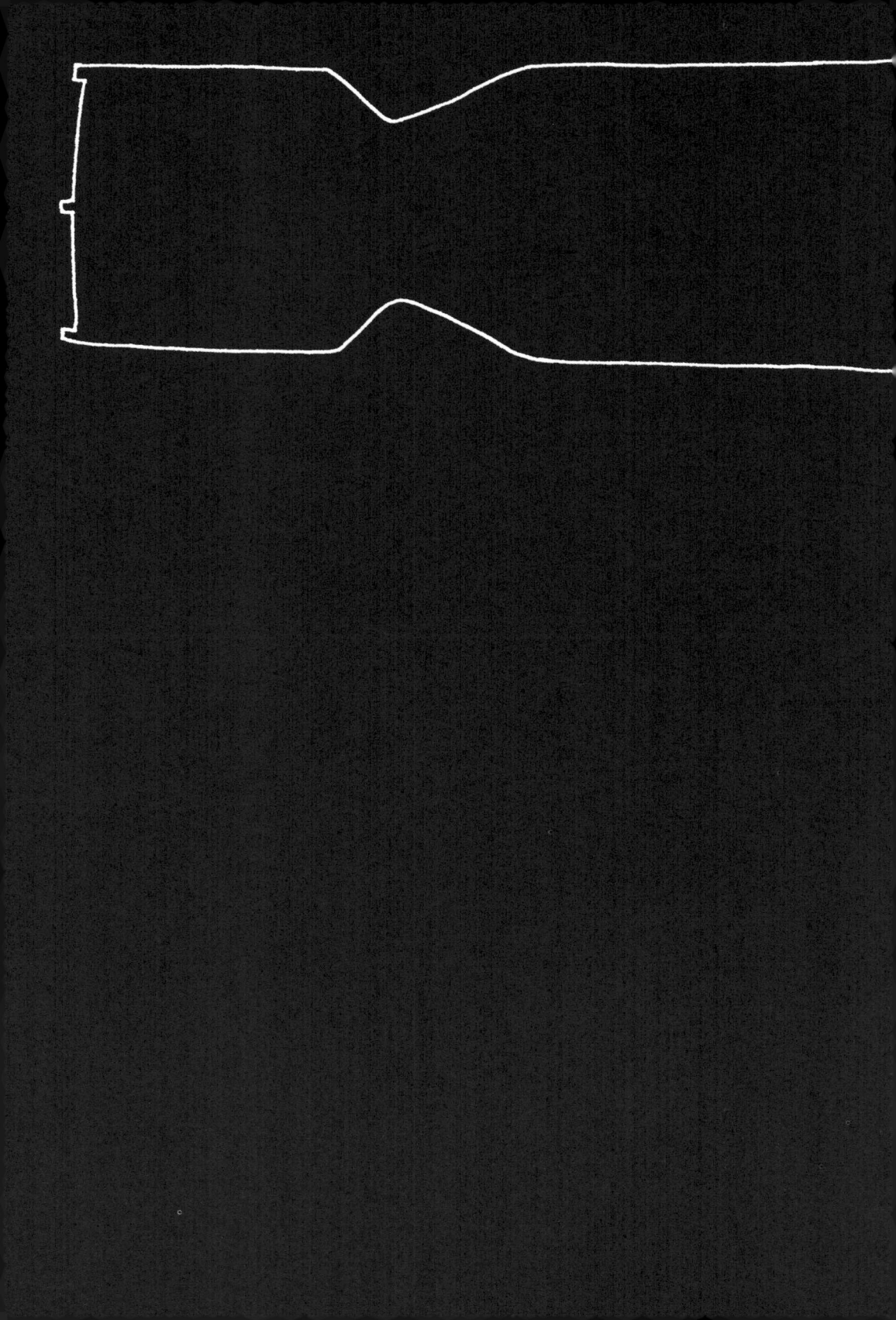

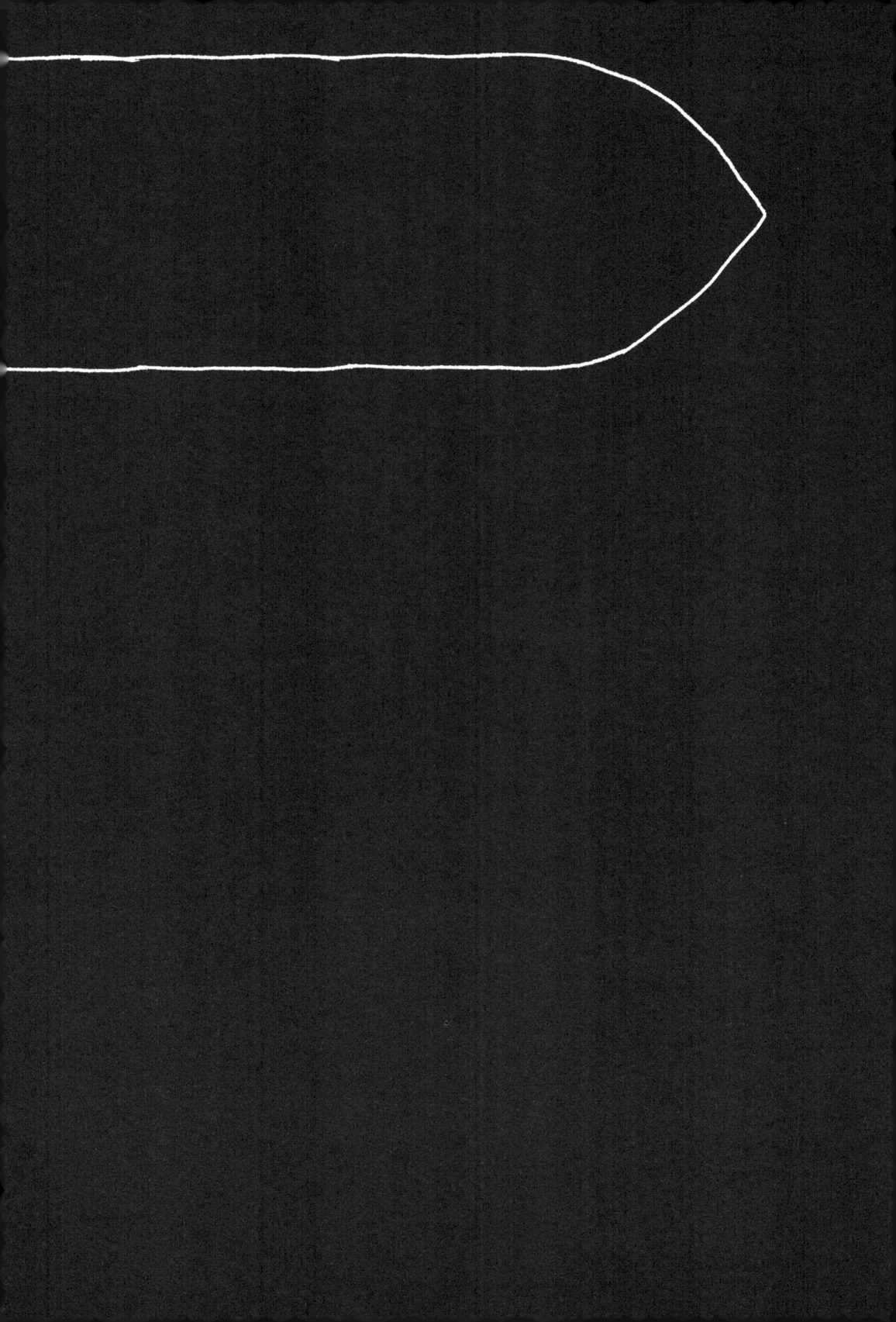

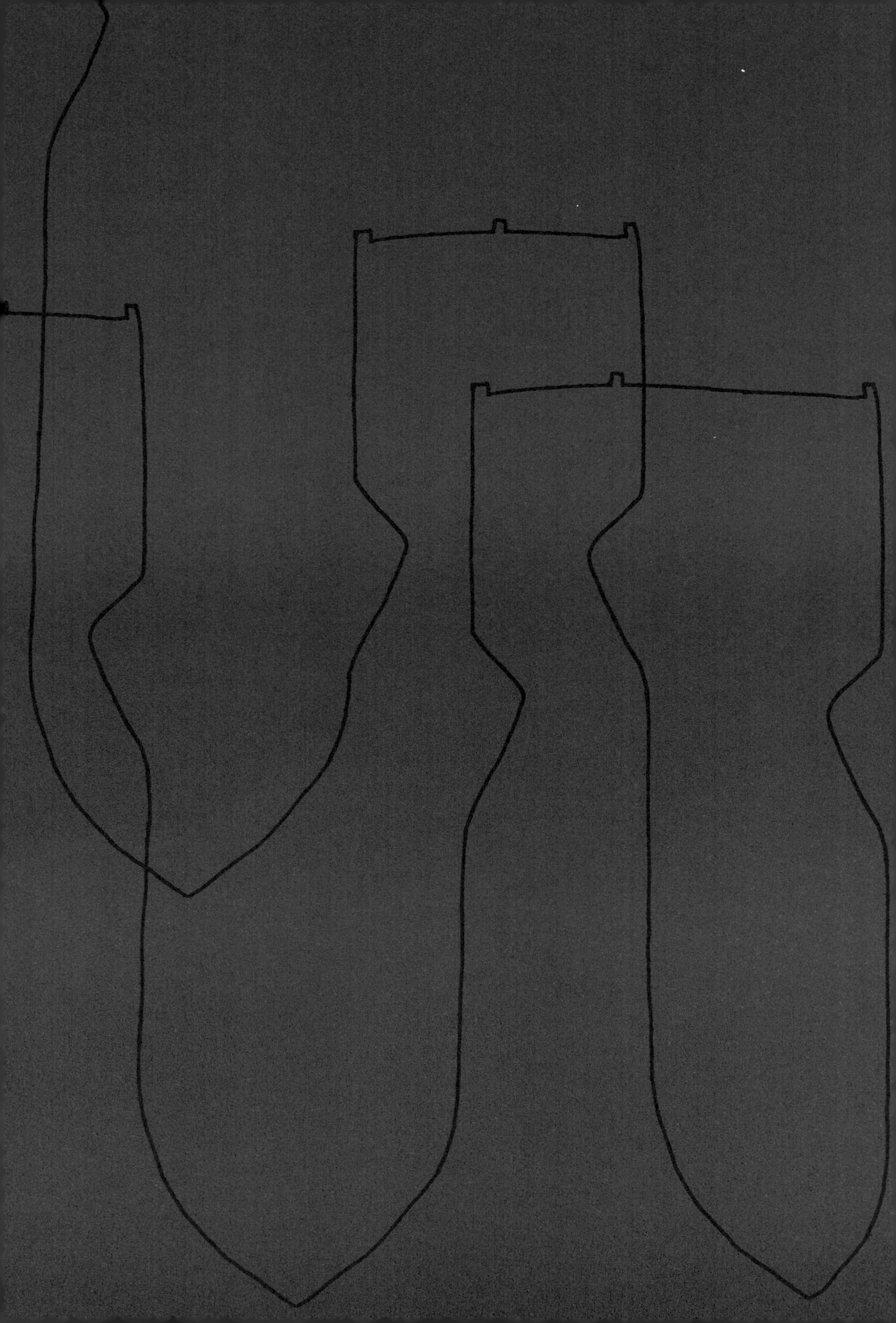

A metade inferior da página fora eliminada com um instrumento preciso, um estilete ou coisa parecida. Mas, neste momento, Luda deveria pensar que Jacques seria uma conquista avassaladora para os habitantes de Vagas do Destino. Os homens ficariam estarrecidos, comparando suas vanguardas provincianas à projeção de totalidade representada por ele, a pretensão transformada em verdade. A realidade inquestionável de um homem capaz de destruir lares e provocar suicídios com um simples aparecimento público. Talvez por isso se camuflava. Não sentiria nenhum orgulho por ser invejado. As mulheres o considerariam um totem sagrado! Na página seguinte, ainda em 30 de março, estava escrito:

(...) devo espantar ideias de superioridade. É preciso agir com a inteligência, não com a pretensão, invariavelmente traiçoeira. Meu temor nada tem de procedente, pois o mito das masmorras foi inventado pela população supersticiosa.

Luda decidiu dar uma oportunidade ao coração, suponho que naquela noite. Pegou um volume de Elizabeth B. Browning e copiou.

Vagas do Destino/março/44
"Vou contar como é o meu amor por ti: Amo-te profundamente até onde minha alma alcança, quando sente que não vê o fim da existência e da Graça ideal. Meu amor por ti supre a necessidade de cada dia, à luz do sol e de velas. Meu amor é livre, enquanto há homens empenhados no que é certo. Meu amor é puro, enquanto eles voltam as costas ao louvor. Amo-te com a paixão que utilizava em meus antigos pesares e com a fé de minha infância. Amo-te com um amor que parecia ter perdido, quando deixei de rezar — amo-te

com o alento, os sorrisos, as lágrimas de toda a minha vida! — E se Deus quiser amar-te-ei mais ainda depois da morte".

    Veja, meu caro, amo tanto! Não obstante, desconheço-o. Meu coração não quer se enganar, será você para sempre. Mesmo que sempre dure o tempo de uma ilusão. Estarei na cidade nos próximos dias, salvo um erro de cálculo. Não assinarei.

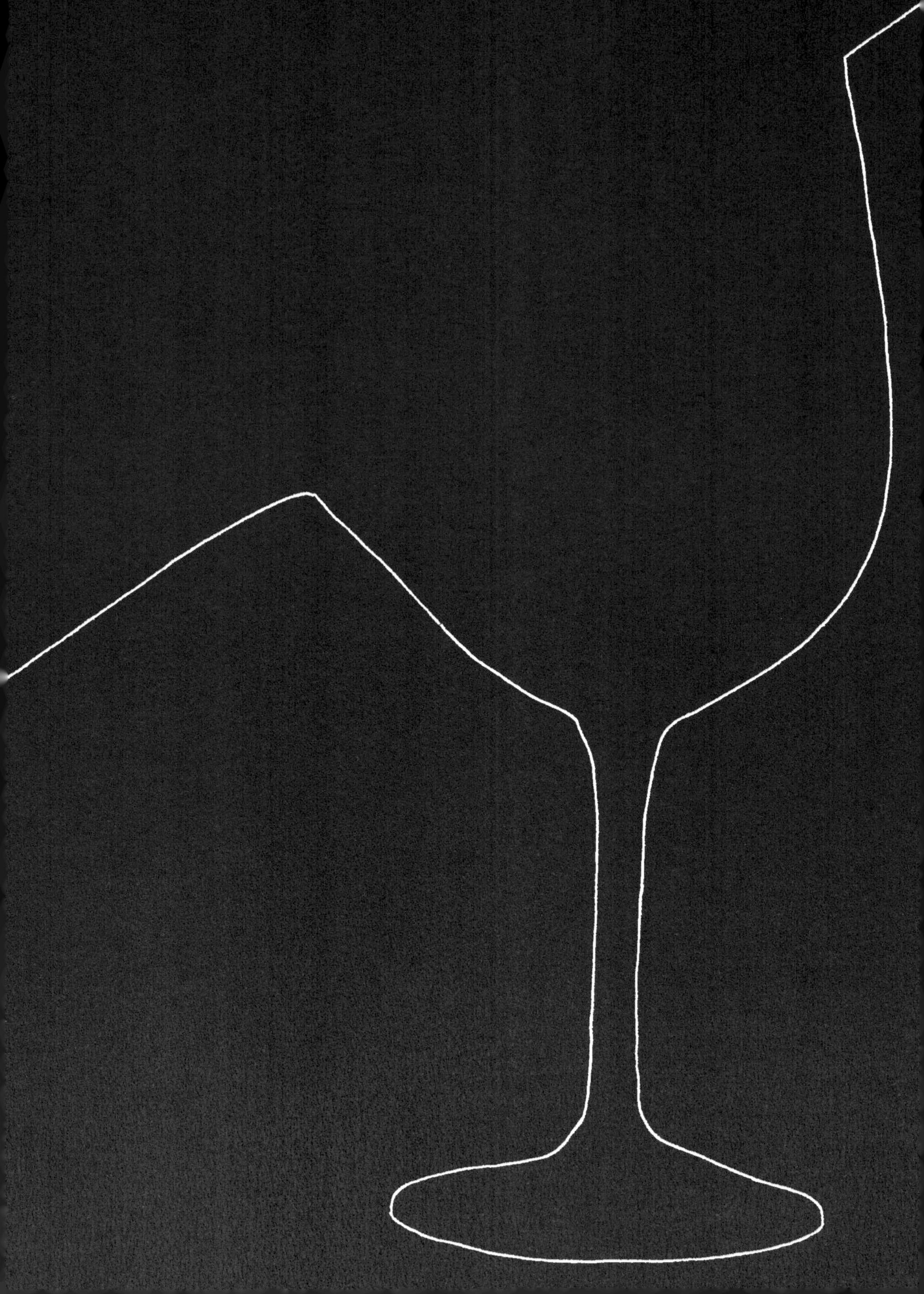

QU
T

A
RO

Mal o dia amanheceu, Luda pôs-se de pé. Todos, em breve, estariam iniciando os preparativos para a partida na manhã seguinte. Algo de urgente precisava ser feito. Teria respirado fundo, pensando: "Agora, a pior parte. Ver como despertam os comerciantes de tapetes!".

1º DE ABRIL DE 1944

(...) e eu segui cumprimentando os comerciantes e as beatas que se dirigiam para a primeira missa do dia. Minha caminhada matutina não levantaria nenhuma suspeita, pois eu também estava paramentada para o ofício religioso, trazendo o véu negro sobre a cabeça. Sentia-me como uma muçulmana em missão secreta, uma mulher de Riad conspirando contra os costumes de seu povo. Ainda não sabia como agir. Como tirar os óculos de Lucas Gentille. Mas saberia no momento certo. (...)

Suponho que a senhora Gentille não tenha demonstrado surpresa com a visita. Seu filho, sabia, cedo ou tarde, seria atrativo bastante para as casadouras estarem em sua porta a qualquer hora. Sugiro o seguinte diálogo:

— *Minha querida! Alguma modificação nos planos de viagem?*

— *Desculpe a hora, senhora Gentille. Não. Nenhuma modificação... A não ser...*

— *A não ser...* — *encorajou a senhora Gentille, convidando Luda a sentar-se.*

— *Bem, eu estive pensando em levar Lucas comigo... Queria saber sua opinião.*

— *Mas que ideia fantástica, minha querida!*

— Sim! E a senhora e o senhor Gentille também poderiam vir.

— Oh! Mas que gentileza! Lucas ainda não tomou seu desjejum. Por que não o acompanha? Poderia fazer o convite pessoalmente. Quanto a mim e meu marido... O convite está feito. E aceito!

(...). Enquanto os homens não apareciam, ajudei a senhora Gentille com a mesa. A velhinha estava encantada com o meu desvelo. Admirou-se do fato de eu ter deixado de ir à missa para fazer o convite! Fomos interrompidas pela chegada de Lucas, conduzido pelo pai. Vestia um terno escuro de flanela e trazia os cabelos penteados com goma. Não fossem os óculos apontados para os tapetes, poderia ser considerado bastante respeitável. (...)

A senhora Gentille adiantou-se.

— Veja, Lucas! Veja quem veio tão cedo visitar o menininho da mamãe... Luda! Ela nos levará para o Cabo! Lucas sorriu e estendeu a mão para ser guiado pelo pai. Luda deu um discreto beijo no rosto do rapaz. Um segundo de silêncio e constrangimento pairou na sala.

— É bom vê-la — falou o Sr. Gentille—, os Glaubens sempre me surpreendem! Seja bem-vinda a esta casa, que um dia será sua. Lucas está muito feliz por tê-la aqui. Não é Lucas?

— É..., é..., Lucas está muito feliz por tê-la aqui!

(...) e não mudou de atitude depois do beijo. Permaneceu apalermado. Mas tive uma ideia, graças ao rompante. Sabia não apenas como tirar os óculos, mas também como estraçalhá-los. (...)

— Vamos, então, à mesa — acudiu a senhora Gentille. — Luda, sente-se à esquerda do papai, de frente para Lucas. Eu me sento ao lado dele.

(...). Os Gentilles não se importam com as dificuldades do filho, não o escondem e, talvez, esperem uma miraculosa evolução de suas faculdades. Fiquei tentada a desistir do plano. Não poderia humilhar aquela criatura, diminuindo ainda mais seus limites no mundo, mas conheço a obsessão de meu pai e não tenho dúvidas de que ele me forçaria a casar com o escolhido. Terminada a refeição, a senhora Gentille limpou o filho e o levou para uma poltrona. Entretive-me por alguns minutos vendo um álbum de fotografias da infância de Lucas. A mãe explicou que as preocupações no casamento seriam poucas. Eu não deveria me preocupar com nada. Poderia viajar e não teria de trabalhar. Teria uma vida de rainha. O resto, saberia resolver! (...)

— Certamente, senhora Gentille! O resto, eu saberei resolver! Agora, preciso ir. Estou atrasada para o trabalho. Foi um prazer. Então, amanhã de manhã, eu os apanharei.
— Estaremos prontos — afirmou o Sr. Gentille, enquanto auxiliava o filho a se levantar da poltrona. — Lucas — continuou — despeça-se de sua noiva.

(...). Era uma situação-limite, como se eu fosse obrigada a dar um tiro de misericórdia. Respirei fundo, ajeitei o coque, guardei o véu na bolsa. Beijei a senhora Gentille com real respeito e apertei a mão do marido. Apanhei o braço de Lucas e disse, para incômodo dos pais, que ele poderia me acompanhar até a porta. (...)

"Lucas poderia me acompanhar até a porta! Lucas poderia me acompanhar até a porta", deve ter repetido o rapaz, enquanto Luda preparava-se para cometer o maior desatino de sua vida. Aquilo lhe custaria o derradeiro respeito pelas minorias, seria o triunfo da

vaidade, uma atitude que a aproximaria dos comportamentos que considerava execráveis em Vagas do Destino. A típica atitude reveladora de uma sociedade em que as opções pessoais somente chegam a algum triunfo quando um indivíduo é profundamente pressionado. Luda concluiu estar apenas buscando a felicidade. Se não podia agir por caminhos normais, buscava o perdão no amor piedoso e justificador de qualquer insanidade.

(...). Quando estávamos na varanda, pressionei os lábios na boca de Lucas e pude sentir o gosto do mingau. Permaneci alguns segundos naquela atitude, crispada pelo estreitamento trágico da morte, quase sentindo o desfalecimento do rapaz, não pelo prazer sensível provocado pelo beijo, mas porque, em minha inexperiência, quase o deixava sem ar. Durante aqueles instantes, eu pensava na ironia do destino. Ainda não havia sido beijada e, no entanto, beijava exatamente o homem mais repulsivo da cidade. Ao mesmo tempo, antecipava a visão do que aconteceria imediatamente depois.

Depois do beijo, ao mesmo tempo em que me afastava da vítima, atirei seus óculos no chão, calculadamente atrás de mim. Afastei-me e os estraçalhei sob os saltos dos sapatos. Lucas gritou pelo pai e eu me abaixei para avaliar o estrago, pensando em como deveria agir na sequência. Os velhos acudiram e, enquanto o Sr. Gentille acalmava o filho, inconsolável no mergulho limitante da miopia, eu me agarrava, aos prantos, à senhora Gentille, obrigando-a a dividir a atenção entre o desamparo de Lucas e meu desmedido descontrole.

O pai carregou o filho para a sala e o colocou sentado na poltrona. A mãe trouxe um copo de água e me acalmou. Fingi lamentar o virtual cancelamento da viagem e fui assaltada pela ideia de óculos reservas. (...)

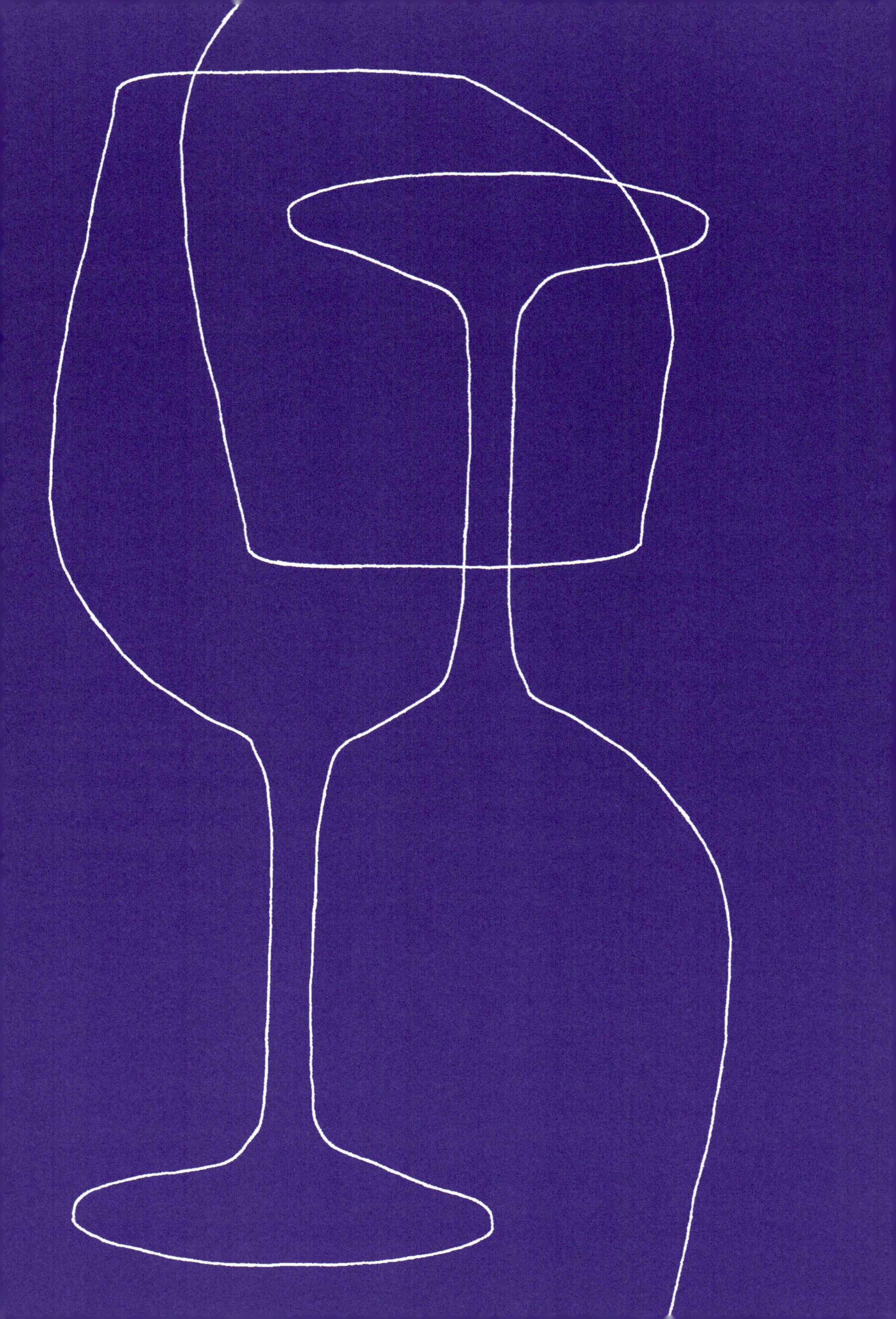

— *Como vamos fazer agora? Viajamos amanhã!*

Os velhos devem ter trocado olhares, num acordo mútuo e prudente.

— *Bem* — *adiantou-se o Sr. Gentille, apoiando as mãos na cabeça da moça* —, *peça desculpas a seus pais. Não iremos. Diga-lhes que os óculos de Lucas se partiram num acidente doméstico. Vamos manter em segredo o acontecido. Fica apenas entre nós. Sabemos de sua decepção, minha cara. Mas também compreendemos os arroubos juvenis.*

(...) chorei, então, verdadeiramente. Meus esforços não foram infrutíferos. Tenho a pérfida propensão à destruição dos universos sagrados, mas espero a regeneração diante do relicário do amor. Jacques será meu relicário. Terei toda a vida para me arrepender. Contudo, saí da casa dos Gentilles sentindo a culpa pesar nos ombros. Mais ainda, com a cruel consciência de ter deixado ali a minha inocência. Cobri a cabeça com o véu e entrei na igreja para um dia inteiro de orações. (...)

Fora um longo dia. Ao chegar em casa, no fim da tarde, a moça anunciou as desculpas dos Gentilles e afirmou que também permaneceria na cidade.

— *Então, também ficamos* — *teria assegurado a mãe.*

— *Mas nós vamos* — *disseram as irmãs.*

— *Com Apogeu...* — *sugeriu Elizabeta.*

— *...sim! E Juvenal!* — *emendou Sissi.*

3 DE JANEIRO DE 1958

(...). As recordações daqueles dias vêm me incomodando, mesmo tendo me retirado para o Cabo. A tortura tem início no olhar de Lucas Gentille na varanda de sua casa, pouco antes de perder os óculos. Estranho é o fato de sentir aquele momento como se tivesse acontecido ontem. Depois, me lembro da igreja e das expressões da minha família quando, ao fim do dia, todos me esperavam para o jantar. O espanto geral ao saberem que eu permaneceria na cidade, resistente à determinação de partir para o Cabo. Com muito sacrifício, os convenci de minha tristeza por Lucas não poder nos acompanhar. Por sorte, minhas irmãs estavam determinadas a viajar e todos sabiam da dedicação de papai aos genros. Seria uma desfeita privá-los de sua companhia. No mais, os três homens vinham conversando há algum tempo sobre a possibilidade de unirem-se em um negócio promissor. Vagas do Destino não dispunha de uma grande fábrica de barcos, uma instalação para a construção de grandes calados, navios de borda alta, destinados a navegar em alto-mar, de propulsões a vela e mecânica. O dinheiro para o empreendimento certamente viria do terceiro genro.

Imagino-os sentados nesta mesma mesa, discutindo os planos que os transformariam em homens realmente poderosos, e não tenho dúvidas de que chegariam a um termo satisfatório se eu me propusesse a seguir as determinações familiares.

O sr. Glauben decidiu que iriam todos, exceto a filha caçula. Ela ficaria descansando na companhia de Etel, a criada. Mais uma batalha naquela cruzada insana estava vencida. A despeito do cansaço, Luda escreveu:

Vagas do Destino, 1° de abril de 1944.

Jacques,

Hoje, gostaria de falar com você. Preciso ouvi-lo, saber que não é projeção da minha mente, saber que há, pelo menos, uma única razão para continuar nesta vida sem rumo. Estou mergulhada nas incertezas, imersa na solidão.

Assusta-me ver o tempo passar enquanto eu, mais frágil a cada dia, choro baixo para não ser ouvida.

Vivo uma mistura de êxtase e punição. Quero acreditar que você será o meu alívio. Precisamos nos ver.

Na manhã seguinte, a família Glauben e seus agregados partiram rumo ao Cabo, e Luda sentia uma indisposição nunca experimentada. Não era, sequer, capaz de levar a carta escrita na noite anterior até a farmácia.

2 DE ABRIL DE 1944

(...). Encontro-me tão cansada que não consegui nem mesmo me levantar da cama. Pedi a Etel que levasse a carta ao Libório. Ela não queria fazê-lo, alegando ter ordens para não me deixar sozinha nem mesmo por um minuto. Implorei. Breve, voltou e se postou ao lado da cama, aguardando o pagamento, mas eu a enxotei. Sempre paguei com uma moeda os favores de Etel, mas dessa vez eu a mandei embora. Estava ansiosa pela resposta de Jacques, que chegou no fim da tarde.

VD, 2 de abril de 1944.

Também me sinto triste. Tenho ganas de deixar a clandestinidade e ir acordá-la. Breve, partirei. Temos de nos encontrar nesta noite. Então, preste atenção. Às nove horas você encontrará um carro à sua espera no porto dos pescadores. Não precisa dizer nada ao motorista. Ele saberá para onde conduzi-la.

Jacques

Não me lembro de ter ouvido referências sobre como Luda teria chegado à casa dos Malgrés. Ela também não escreveu sobre isso. Tampouco fez qualquer alusão a ter estado ali em qualquer de nossos encontros na Rua da Brisa. Mas escreveu sobre aquela noite. Ao pensar no deslocamento até a casa, apressado em dar forma à história, as imagens que vinham à mente eram lúgubres, imagens de outras histórias que li, de escritores que desafiaram a imaginação falando de horrores sorrateiros a permear experiências solitárias e noturnas. Tempo se arrastando na forma de sombras, passeios próximos aos limites da morte, medo. Medo e coragem intercalando-se entre o prazer de se estar próximo ao desconhecido e a coragem titubeante de se adiantar e acabar. Ou acordar.

Como teria sido para Luda? Quem teria sido o motorista com quem ela não precisou falar? Estive paralisado por dias, pensando no terror perpassando seu espírito. Então, me conscientizei. Não deveria me preocupar com a solução de todos os enigmas. O intrigante da vida sobre a qual me propunha escrever era exatamente o mistério. Se todos os aspectos fossem deslindados, Luda se tornaria outra pessoa. Agora, considerar a verdade contida na minha imaginação era suficiente. Minha imaginação e os escritos de Luda.

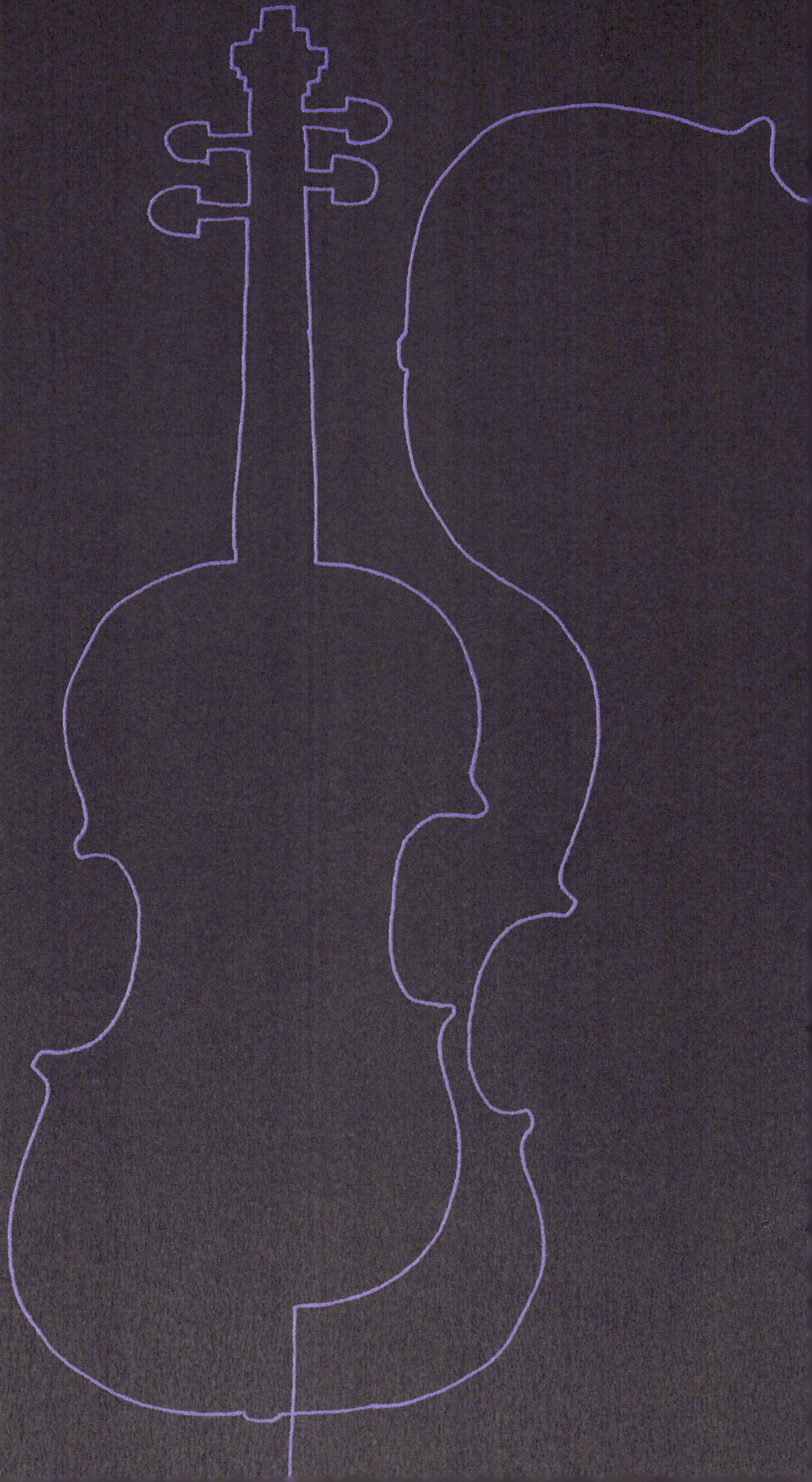

Na falta de imagens consistentes, vamos conceber que, horas depois, Sibelius rumorejava pelo interior frio da residência do cardeal. A suíte **Karelia** *fluía como uma bênção calma e lamentosa, subindo a escadaria, invadindo os aposentos, atravessando as tapeçarias como um fantasma, envolvendo as fundações da construção. A música impregnava de fatalidade aquele momento. A grande porta encontrava-se totalmente aberta, integrando-se ao campo frontal, coberto pelo amarelado de folhas sobre pedras centenárias. Sobre o amarelo árido, a uma distância considerável, plantara-se Luda Glauben, fascinada com o ambiente que parecia ter sido criado por uma alucinação esquizofrênica. Envolta por uma pelerine negra, ela integrava-se perfeitamente à cena.*

4 DE ABRIL DE 1944

(...). Jacques adiantou-se, vindo do interior. É alto, esguio. Tem os cabelos longos. Não me surpreendi com sua aparência. Sorriu com satisfação e beijou longamente minha mão.

Diante da fogueira, sentado a uma cadeira, estava o cardeal. Tem idade muito avançada. Muito mais do que se poderia supor. A cabeça pendia apoiada ao peito, os cabelos brancos e lisos escondiam o rosto fatigado. Suas mãos tremiam, pousadas nos braços entalhados da cadeira. Vestia um robe de lã muito pesado, porém, insuficiente para deter o frio intenso do lugar. O badalar do relógio fez com que levantasse a cabeça, desperto do último cochilo consagrado aos homens vivos. Imediatamente se levantou, olhou para mim e sorriu. (...)

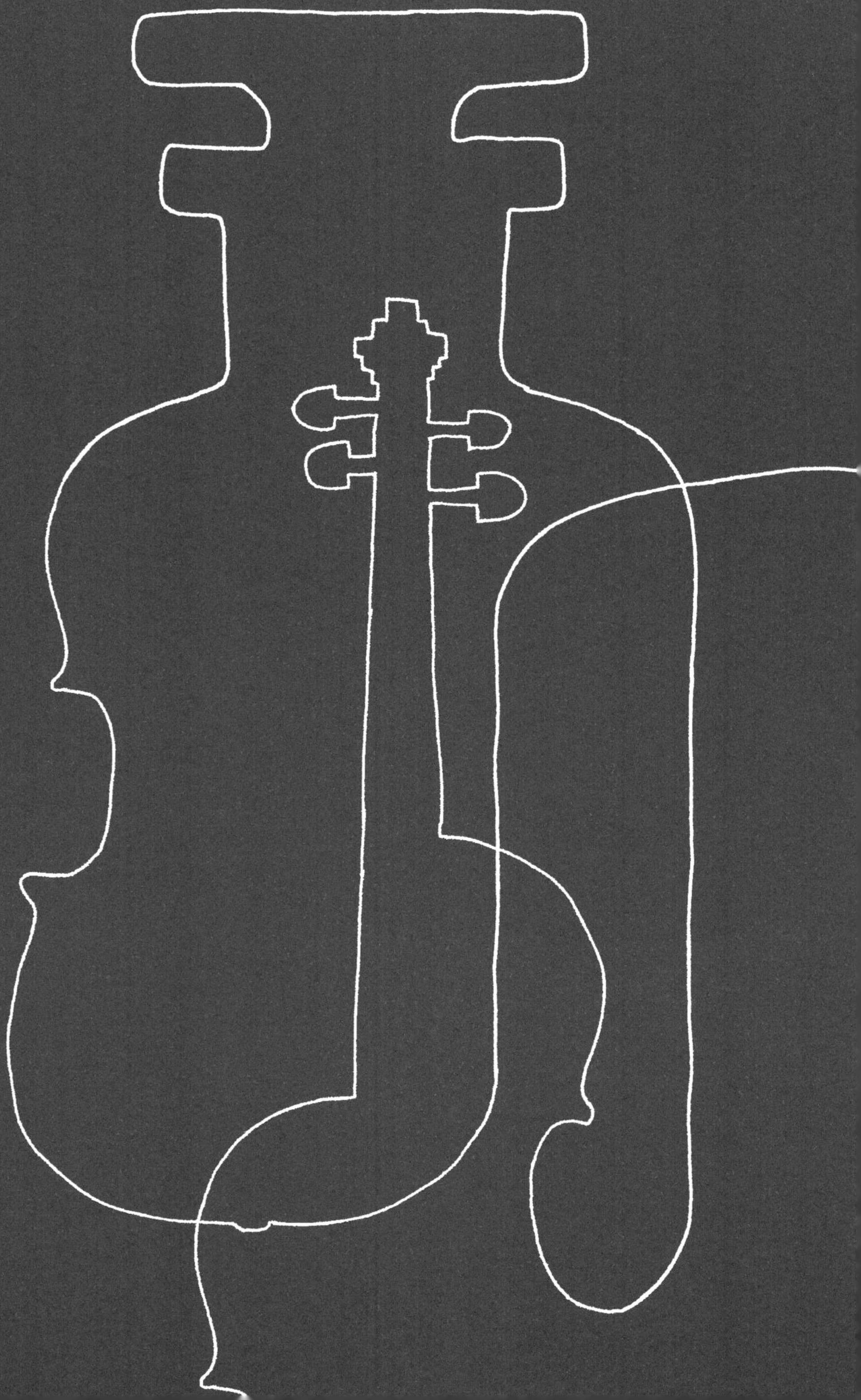

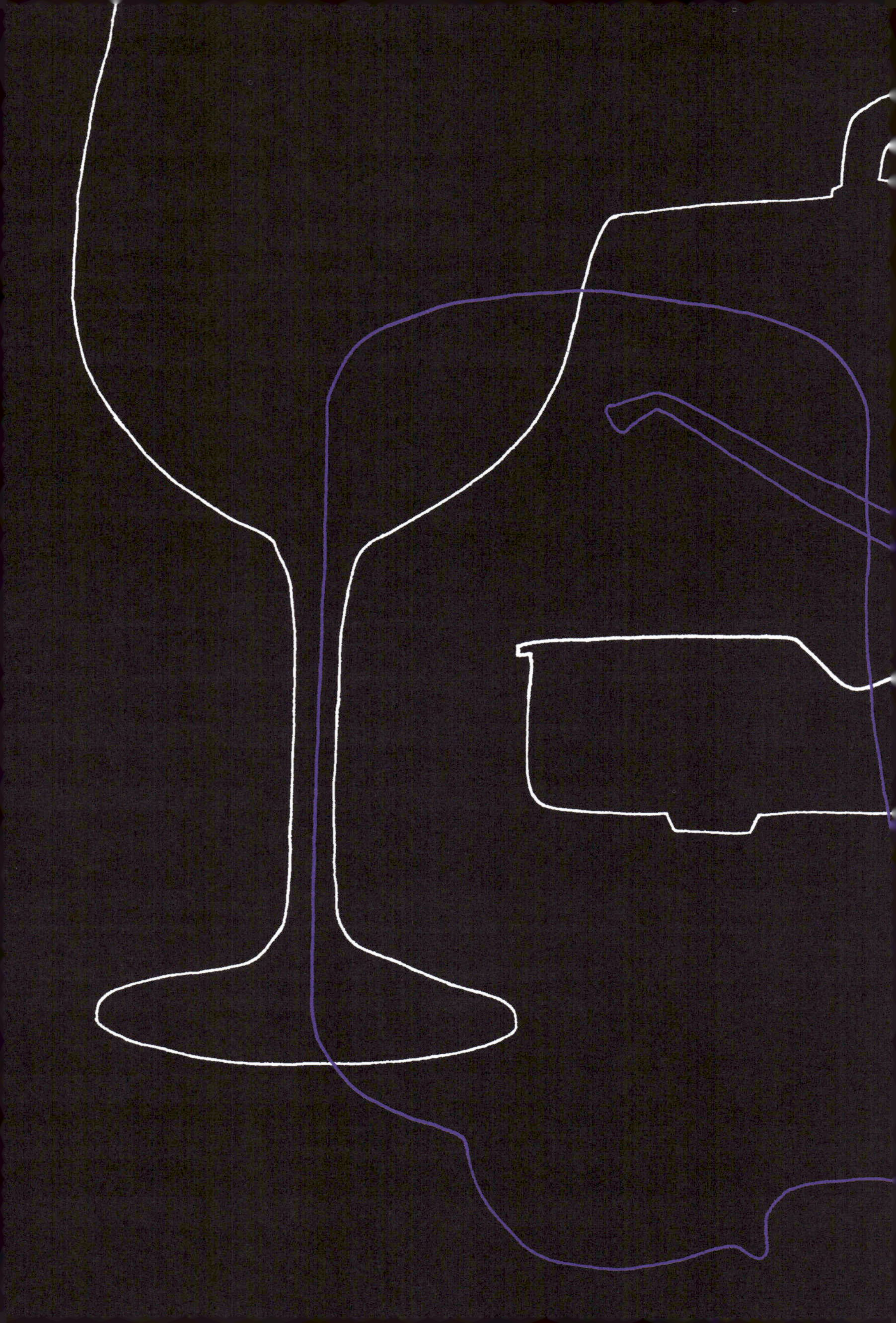

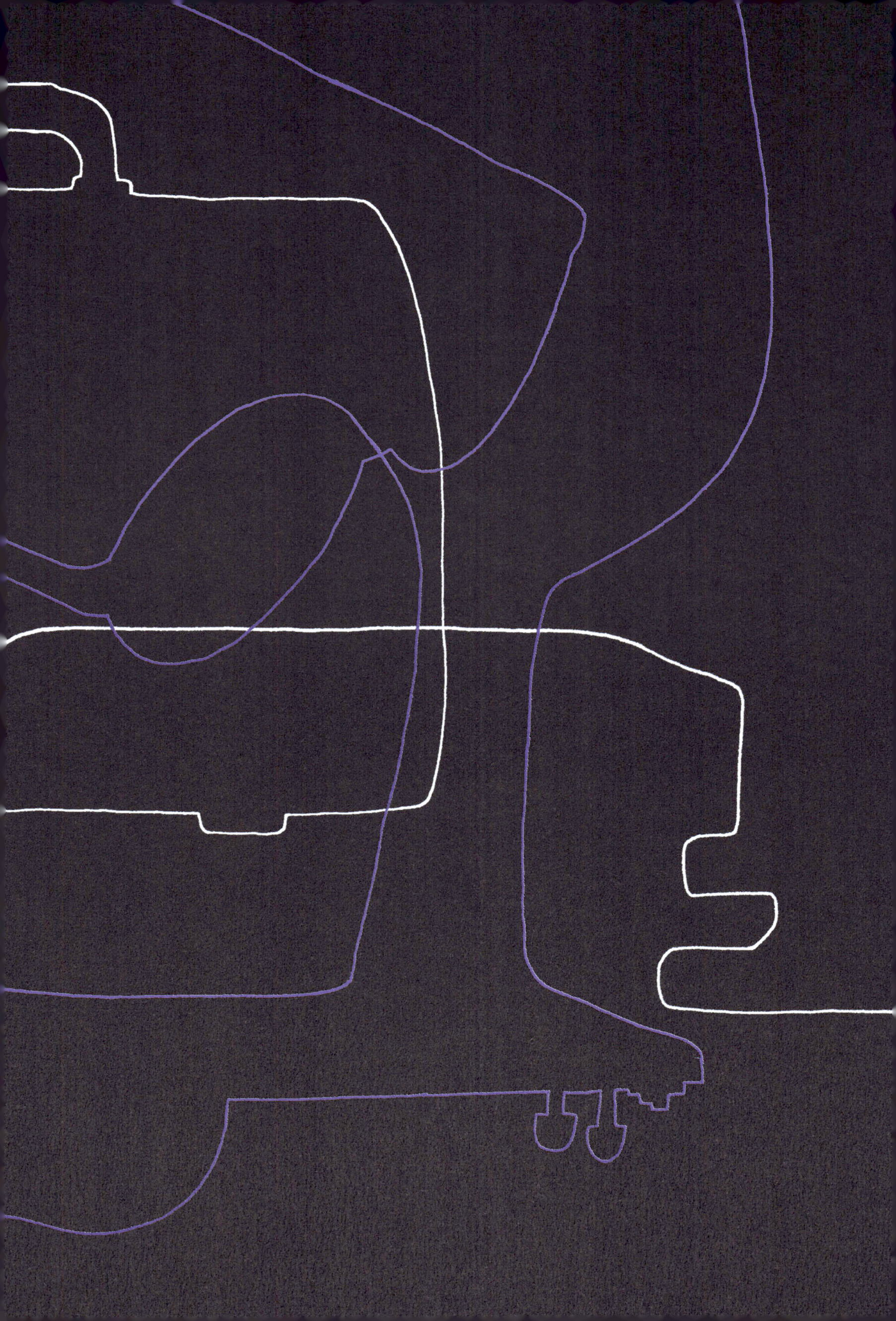

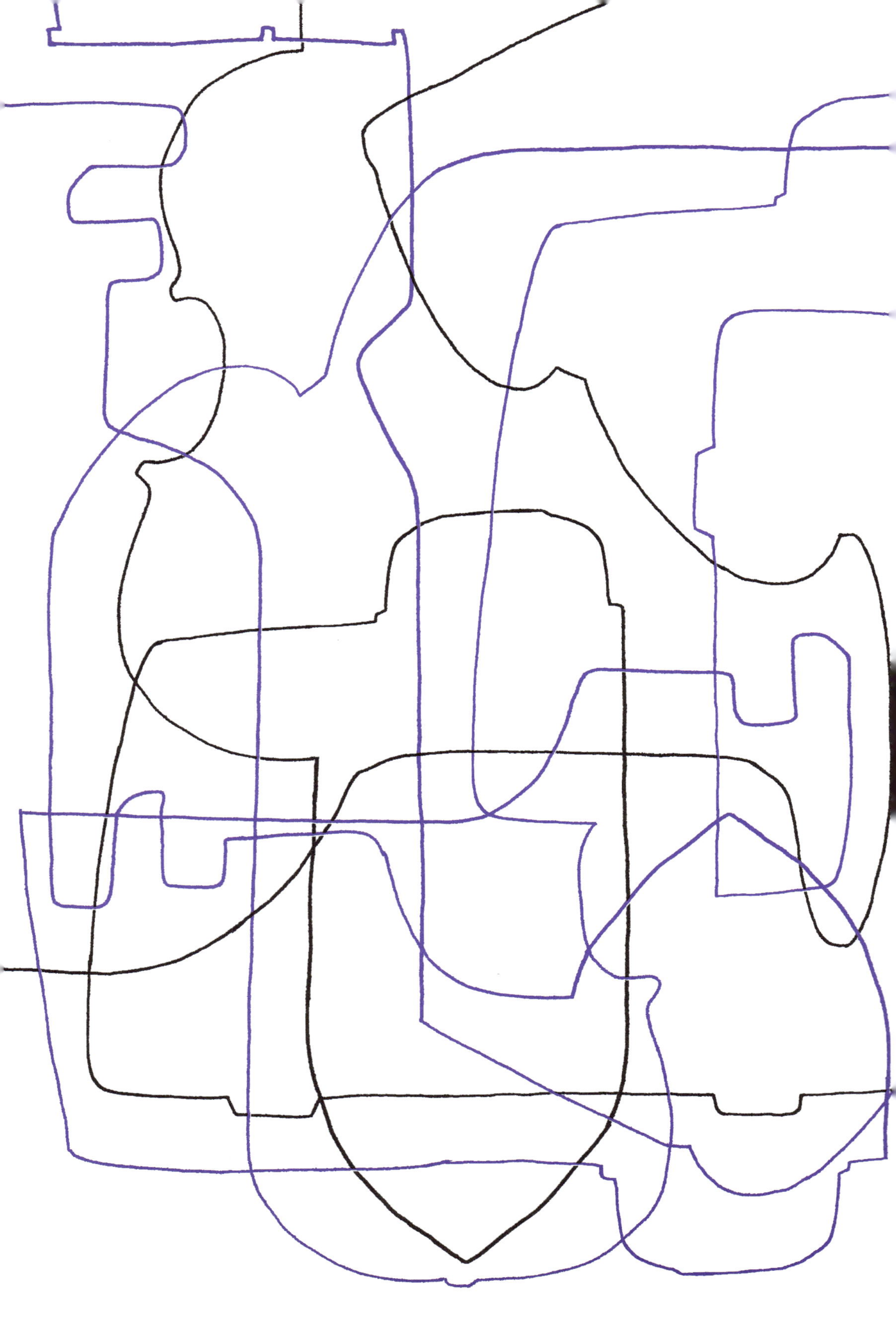

— Minha cara — teria dito —, é com prazer que a recebo em minha casa. Fico satisfeito por Jacques tê-la convidado. Não poderei permanecer. Os anos pesam-me e as pálpebras também...

Luda fez um gesto, cumprimentando.

— Cardeal, o prazer é todo meu. Eu..., não imaginava poder encontrá-lo. O senhor é bastante diferente das descrições que me foram feitas...

(...) eu não disse a verdade. O cardeal é assustador e sua aparência justifica plenamente o mito criado em torno dele. Sorria como se tivesse pena da humanidade, com fervor iconoclasta, com uma malícia que dispensa desculpas, com curiosidade arrogante e um desesperado desejo por meus seios. É a antítese do religioso. (...)

— Ah! As descrições... Como vê, não estou tão longe de ser um vampiro! Um vampiro religioso! As pessoas são muito criativas! Especialmente as pessoas de Vagas do Destino. Esperam ainda beijar as minhas mãos e tomar delas as hóstias sagradas. Insensatos! Prefiro continuar vampirizando suas imaginações. É mais divertido, não acha?

— Bem, se o senhor está dizendo...

(...). O cardeal rompeu em uma gargalhada. É um vampiro velho e desdentado. Não deve ter muito tempo de vida, está decrépito em demasia. Na verdade, parecia estar vivendo suas derradeiras horas. Parecia estar pronto para ser fechado em um caixão e carregado para a eternidade de sua cripta. (...)

Luda não poderia ter contido um sorriso de satisfação ao imaginar que, breve, seria a senhora daquele castelo. Sua imaginação não pouparia sofisticações para a cerimônia, que deveria ser adiantada para *contar com a presença do tio do noivo. Entraria na igreja vestindo o mais luxuoso dos trajes, talvez algum antigo vestido usado pelas damas daquela família sedutora. Seria uma excentricidade digna de tal casamento. Ouviu a música, um tanto profana, anunciando sua entrada. Caminhou pelo corredor entre os bancos e olhou nos olhos de cada um dos convidados. Não sorriu, pois casar-se com Jacques exigia certo desprezo, misturado a um pouco de seriedade ensaiada.*

(...). E, assim, caminhando rumo ao altar, fui interrompida por Jacques, convidando-me para a mesa. O cardeal subia as escadas, rindo ferozmente, faminto por sangue. Minha jugular jamais, velho caquético, pensei, enquanto apertava no bolso do casaco o dente de alho levado por precaução. Fez-se silêncio na sala fria. Jacques indicou meu lugar e eu me sentei. (...)

Uma breve palestra seria provável neste momento. Jacques poderia se desculpar pelo tio, muito velho para a sensatez. Falaria do hábito de assustar visitantes! Observaria, também, a beleza da mulher naquela noite.

(...) ele encheu os copos e permaneceu em silêncio até o fim do jantar. Nem uma só demonstração fazia crer ser ele a mesma pessoa que escrevera cartas tão apaixonadas. De minha parte, não esbocei nenhum sorriso de assentimento ao ser servida.

Tudo era reflexão. Começava a me arrepender por ali estar, por ter ido até as últimas consequências, levando adiante aquela mentira obsessiva. Não poderia estar diante do homem por quem tanto esperara. Ele não poderia ser o cavalheiro de meus sonhos. Se fosse, eu não estaria constrangida. Não poderia ter conhecido o cardeal, o mito encerrado numa casa fantástica! Aquela casa nem sequer existe! (sic) Temi estar em um de meus pesadelos, mas não conseguia acordar. Sentia uma sede insuportável, embora bebesse inúmeros copos de água. Mastigava o jantar e não sentia nenhum sabor. Desejava ir embora, mas estava colada à cadeira, realizando gestos automáticos, como se agisse movida por forças sobrenaturais. Quando, por um segundo, retomei a posse de minha vontade, rompi o silêncio e falei que precisava ir para casa. (…)

— *É tarde. Preciso ir para casa…*
— *Não* — interrompeu Jacques —, *ainda é cedo. Não conversamos, precisamos falar… Desculpe meu silêncio… É que… bem, não tenho lá muita prática na arte da conquista. Manipulo bem a escrita, mas pessoalmente…*
— *Não se preocupe. Eu não deveria ter vindo… Apenas vim porque seria inevitável. Agora, não sei… É como se estivesse rompendo com minha própria realidade… Tomando uma atitude ruim… Eu me sinto no limite entre a realidade e a fantasia, prestes a abrir uma porta atrás da qual haverá algo inteiramente desconhecido e terrível!*

Jacques levantou-se, e Luda acompanhou seu gesto. Olharam-se por outro tempo indefinido.

(…). Comum era a indefinição do tempo naquela casa enquanto eu ali estava. Poderia haver paixão entre nós. Impossível saber se era a mesma paixão dos dias anteriores. O constrangimento e a expectativa de sermos transportados para o mundo da clandestinidade, terreno mais seguro, especialmente para mim, anulava as certezas. Movidos pela força dos pensamentos, deixamos a sala e ganhamos o jardim, iluminado pela Lua, que se agigantava em seu poder de decidir entre a vida e a morte. Sentamos sobre o muro baixo, finalmente respirando o ar do mundo real. (…)

— Luda — disse Jacques —, em breve, devo partir. Paris é a melhor cidade do mundo para viver, ainda que a guerra a tenha transformado um pouco. Preciso concluir o que iniciei. Quero que venha comigo.

(...) não sei se Jacques disse a verdade, mas sei que meu destino está traçado. Não pouparia esforços para segui-lo, para Paris ou para qualquer outro lugar. Ainda assim, argumentei que não nos conhecíamos o suficiente e ele refutou este e todos os demais argumentos (...).

— *Não nos conhecemos o suficiente para tal decisão...*
— *Eu posso falar com seus pais. O casamento se arranja em poucos dias!*
— *Estou prometida para outro homem!*
— *Você não o ama, bem sei. Se o amasse não teria agido da maneira como agiu para permanecer na cidade.*
Luda não conteve a surpresa.
— *Como sabe de Lucas Gentille?!*

(...). Sabe mais sobre mim e minha família do que eu poderia imaginar, além de qualquer inconfidência que Libório possa ter cometido. "Vagas do Destino não deixa muito a esconder", falou. "As vidas alheias escorrem como água". Eu deixei evidente minha culpa ao passar tanto tempo na igreja. Foi fácil saber do acontecido e ainda mais fácil descobrir que o fato de Lucas Gentille ter sido privado dos óculos fora obra minha. Uma obra ingênua é verdade, mas surtiu seus resultados (...).

— *Você é desprezível, teria afirmado Luda.*
— *Não! Não sou! Apenas sei usar a inteligência a meu favor.*

E conto com a suscetibilidade alheia para atingir meus objetivos. A guerra na Europa tem me ensinado muito. Você também sabe como agir para chegar onde quer. Tudo é uma questão de observação, de estabelecer relações de dependências segundo as nossas vontades.

— Você é esperto demais para alguém nascido numa ilha distante da civilização!

(...). Odiei ouvir Jacques falar com tanta exatidão de sentimentos guardados nos recônditos de minha alma cristã. Sentia uma culpa irreversível e, se até aquele momento tinha dúvidas de querer estar ali, tive certeza de querer voltar para casa e me enterrar na cama, rezando rosários durante toda a noite, pedindo perdão a Deus por tantos pecados. Percebi, porém, a necessidade de assumir as consequências de minhas atitudes pelo resto da vida, somadas às outras atitudes pouco honestas que devo tomar a partir de agora. Considerei a horrenda possibilidade de estar definitivamente casada com Lucas Gentille, imersa em um mundo de tapetes raros. (...)

Jacques poderia ter falado por algum tempo, antes de tocar o rosto da mulher, pressionar suas têmporas, acariciar vagarosamente os cabelos macios, sentindo a textura com o polegar e o indicador. Beijou-a.

(...) sopraram dentro de mim todos os ventos do mundo quando senti o perfume cítrico de Jacques.

As folhas começaram a se mover, e nuvens pesadas escureceram o jardim. Fui conduzida por uma pequena porta sob o muro. Atravessamos um corredor longo e escuro e Jacques acendeu uma candeia. Estávamos na cripta, diante do painel pintado por ele, uma alegoria da morte. Sobre a reentrância escavada na rocha, preparada para receber os despojos de um defunto, havia duas foices cruzadas. Sobre elas, anjos ofereciam as mãos em acolhida. No rodapé, a sequência de labaredas era tão verossímil que aquecia o ambiente. Na parede lateral, entre o túmulo e um dos pilares das fundações da casa, foi pintada a personificação da morte. No rosto inacabado, dois olhos já se fazem perceber. Sob o olhar incompleto daquela criatura, entreguei-me aos beijos exóticos de Jacques.

Luda tinha pouco tempo para decidir se partiria ou não. Ares novos fariam bem. Tudo poderia ser resolvido se viajasse. Não teria de dar maiores explicações. Viveria em Paris e, depois, explicaria ter conhecido um homem com quem estava casada e feliz. Mas sofreu uma extraordinária crise de consciência. Reuniu a família e contou a todos sobre as cartas, desejando viver plenamente seu destino. Num solene momento da reunião familiar, tomou a palavra.

4 DE JANEIRO DE 1958

(...). Expliquei que partiria para me casar e não seria com Lucas Gentille! Conhecera Jacques, o sobrinho do cardeal, e estávamos apaixonados. Ele esperava minha resposta. Em poucos dias partiríamos. Minha mãe argumentou que o cardeal e sua família não existiam mais. Falei de meu encontro com Sua Eminência, de seu esconderijo na casa romana do istmo. Expliquei que morreria em breve. Jacques o acompanhava, enquanto pintava as paredes da cripta na qual seria sepultado. Eu estivera em sua casa. (...)

— *Esteve em sua casa?* — *estranharia Elizabeta.*— *Mas só existem as ruínas!*

— Não — desafiou Luda —, a casa permanece. Eu estive lá! E conversei com o cardeal! Ele parece realmente um vampiro!

Deveria ser verdade que raramente alguém se aventurasse por ali. Todos temiam a maldição do lugar, onde se ouviam lamentos vindos dos calabouços, e uma noite eterna cobria as ruínas. Eram argumentos convincentes, impedindo que as crianças de Vagas do Destino se aproximassem do precipício que já engolira metade da casa. O precipício, eu vira quando criança, era amedrontador. Um paredão escarpado descendo vertiginosamente de encontro às rochas pontiagudas, escondidas ou reveladas de acordo com as marés. Não me lembro das ruínas. As evidências deveriam ser, então, muito tênues para leigos como eu e meu pai.

(...). Meu pai falou que eu estava doente. Não devia me exaltar. Tudo ficaria bem. Passaria alguns dias no Cabo. Iria curar-me daquela ilusão. Eu respondi que meu destino estava definido, mas não fui ouvida (...). Mamãe me acompanhou até o quarto e me forçou a engolir os calmantes. A noite se fechava pesadamente sobre mim. Não sei por quanto tempo permaneci consciente. Minha preocupação era com o diário. Felizmente ele foi trazido ao Cabo em meio aos meus pertences, certamente arrumados por Etel.

Provavelmente novas doses de calmantes foram ministradas a cada intervalo de sono. Luda perderia, assim, a noção de tempo. O inverno daquele ano chegou antecipadamente, trazido por uma massa polar.

SE

IS

Luda contou, em um de nossos encontros em sua casa na Rua da Brisa, que Gardênia também permaneceu no Cabo e dedicou à filha todo seu tempo, ignorando a ocorrência trágica que se abateria sobre sua própria vida. Luda não mencionou o ocorrido durante nossas conversas, mas as páginas do diário não deixavam dúvidas de que a tragédia viria.

13 DE MAIO DE 1944

Não gosto da maneira como mamãe me olha. Parece ter medo. Desconfio que leu meus escritos. Depois, os devolveu, sorrindo como quem fez um bem. Odeio vê-la andando pela casa à noite com a maldita candeia. Sai para o pátio e põe-se a olhar o mar como se nunca o tivesse visto. Deve pensar a meu respeito, mas jamais falarei sobre os meus pensamentos.

Passados cerca de dois meses, Luda reagia. Queria sentir-se emancipada, experimentar a liberdade, comunicar-se com o mundo, livrar-se da dependência familiar. Porém, ainda era cedo para isso. Manteve segredo sobre sua capacidade de decisão.

Jacques veio nesta noite *[escreveu em 15 de julho]* entrando sorrateiramente em meu quarto. Ele me beijou, deslizou as mãos sob meu vestido, repousou a nudez sobre meu corpo. Assumi a tensão da cópula e gostaria de viver aquele momento para sempre.

Recomendou cuidado com mamãe, mas não pôde ser mais preciso. Não posso cometer erros. Preciso avaliar as circunstâncias, manter a mente livre da ansiedade. Fugir quando for o momento.

O vento soprava e Luda resistia, vendo as embarcações passando ao largo, soltando a fumaça preta que subia para o céu, contribuindo para o teto de nuvens que despejava tempestades em todas as tardes daquele período.

17 DE JULHO DE 1944

Bem antes das chuvas, acompanho minha mãe em passeios pelas escarpas e chegamos até os limites da floresta, onde colhemos cogumelos. Ela diz que são para acompanhar coelhos e eu penso na estranheza do mundo. Como pode considerar coelhos assados? Raposa predadora!

De fato, tal como outras atitudes dos parentes, esta deveria representar mais que um mero incômodo. Em um trecho de seus escritos, Luda avaliava momentos da vida familiar que, segundo ela, assemelhavam-se a festins carniceiros.

4 DE SETEMBRO DE 1943

Nas ocasiões de seus noivados, minhas irmãs riam loucamente, saboreando joias e vestidos, enquanto meus pais aplaudiam e olhavam como raposas. Minha mãe é uma pobre coitada. Suas crenças são de mulher que jamais ousou elevar a voz para reclamar uma miséria qualquer da atenção de seu homem. Confundiu intimidação com amor. Meu pai é irrefutável, indomável, melindrado crônico, galhardo e digno na superfície, escabroso no íntimo. Predadores. Eu os odeio.

Falando de sua família, Luda me explicou um dia que Gardênia havia sido criada na casa do Cabo, construída sobre uma falésia. Fora adotada por tios que não se davam com a sociedade. O espólio da órfã garantiu bem-estar a todos até os dias da juventude de Luda.

Naquela casa, cega em sua fachada marítima devido aos ventos estridentes e cortantes, Gardênia viveu vida privada típica de um quadro campestre. Era uma vida de tarefas simplórias, bucólica e precisa.

Talvez por temerem o futuro, os pais adotivos enviaram a menina para um internato. O regime de estudos acentuou a personalidade esquiva e discreta de Gardênia. Ela jamais voltou a ver os velhos, pois, quando chegou o tempo de retornar, eles jaziam em uma sepultura localizada à beira da falésia. No tempo de Luda, o túmulo já não existia. Tinha despencado para o mar.

Provavelmente Luda e a mãe assemelhavam-se na procura do amor. Mas o preço pago por Gardênia por ter se casado com Lothar talvez não passasse da solidão, apenas um óbolo, comparado aos tormentos que ainda se abateriam sobre a filha, arrastando-se por mais tempo do que se poderia supor.

Convalescente, Luda devia dedicar-se a bordados e afazeres domésticos. Breve, poderia voltar para casa, para seu mundo, que se faria concreto, sem duplicidades, esperava a família. O casamento seria acertado e ela teria uma vida extraordinária.

20 DE JULHO DE 1944

Nesta noite, sentada à mesa da cozinha, mamãe disse que voltaríamos para casa. Não questionei a razão da viagem repentina e me apressei a arrumar minha bagagem. Chega ao fim o meu degredo. Acho que mamãe está ansiosa. Pediu que eu preparasse suas gotas para insônia e eu o fiz. Está adormecida. Espero que esteja bem amanhã. Partimos bem cedo e eu mal posso esperar.

O diário não trazia detalhes sobre a viagem. Luda não fez referências sobre como estava o dia, se a mãe estava tensa, se conversaram durante o percurso. Mas um fato é certo. Houve um acidente na estrada do Cabo, e Gardênia morreu. A **Gazetta de Vagas** *noticiou o ocorrido em 22 de julho de 1944 da seguinte forma:*

"Faleceu ontem, na Estrada do Cabo, enquanto dirigia em companhia da filha, a senhora Gardênia Glauben, uma das representantes mais originais de nossa sociedade. Soube adaptar-se, como nenhuma outra personalidade de nossa cidade, aos diferentes paladares do mundo. Viajante que era, abriu sua alma para conhecer todos os continentes e encantar os estrangeiros. Agora, em sua última viagem, encontrou a derradeira liberdade e foi encantar os anjos".

A versão de que Gardênia dirigia o carro parece ter sido aceita incondicionalmente à época, e nenhuma suspeita se abateu sobre a filha. E assim permaneceria se eu não tivesse percebido duas páginas do diário coladas uma à outra e cometido a terrível indiscrição de violar o segredo. Fiquei em dúvida se deveria revelar o conteúdo, pois esta história já havia chegado a um termo, um desfecho brando que apenas acusava Luda pela condição de vilã circunstancial. Mas eu estava comprometido com a recuperação de seu passado. Não poderia faltar com a verdade, por mais dolorida que fosse. Então, ainda desejando proteger a integridade moral da protagonista, suponho que a morte de Gardênia não foi intencional. Ela ainda se encontrava sob os efeitos do remédio para dormir e sugeriu que a filha tomasse a direção do carro. Minha tese, em parte, foi respaldada pela própria Luda.

VAGAS, 21 DE JULHO DE 1944

(...) apenas teve tempo de recomendar cuidado com a velocidade. Deixei-me levar pela tranquilidade da paisagem e pelas lembranças de Jacques. Meu coração foi tomado por um frenesi, o peito apertando o pouco ar nos pulmões, a cabeça zunindo no ritmo da rotação do motor. "Cuidado, ele alcança 88 quilômetros por hora! Cuidado, ele alcança 88 quilômetros por hora! Cuidado, ele alcança...". Eu respirava, mas não conseguia oxigenar o cérebro e sentia um prazer assassino em experimentar os oitenta e oito quilômetros. Como seria alcançar tal velocidade? Pisei no acelerador como se esmagasse os óculos de Lucas Gentille. Lembrei do olhar do rapaz e pisei ainda mais. Experimente, pensei. "Vamos, pise", uma voz insidiosa sugeriu. Sessenta e dois quilômetros! "Uma curva! Pise! Mais! Até o fim!". Olhei para minha mãe adormecida e sorri! "Outra curva! Pise no acelerador!". Setenta e cinco quilômetros! "Agora!". Apertei o pedal e o carro dobrou à direita, esquerda, à direita novamente, e mergulhou na ribanceira a toda velocidade que permitiam os oitenta e oito quilômetros indicados no velocímetro.

Com a brutalidade do movimento, mamãe cravou a cabeça no tronco de uma figueira. Segurei firme ao volante, e o carro pousou na pista descendente. Nada mais havia a fazer. Contive o riso e estanquei o choro. Falei baixo com algumas vozes que me ameaçavam. Não tive culpa, disse.

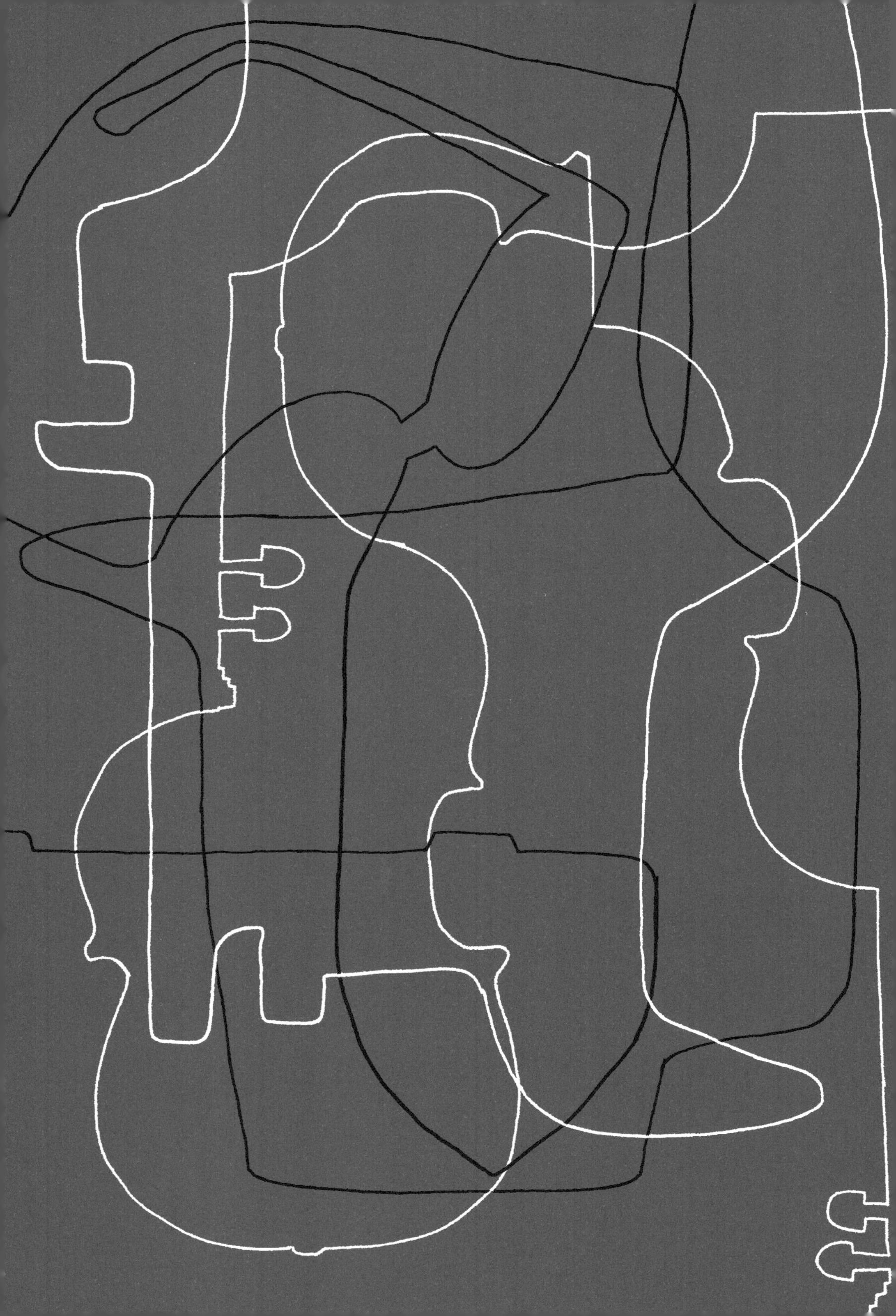

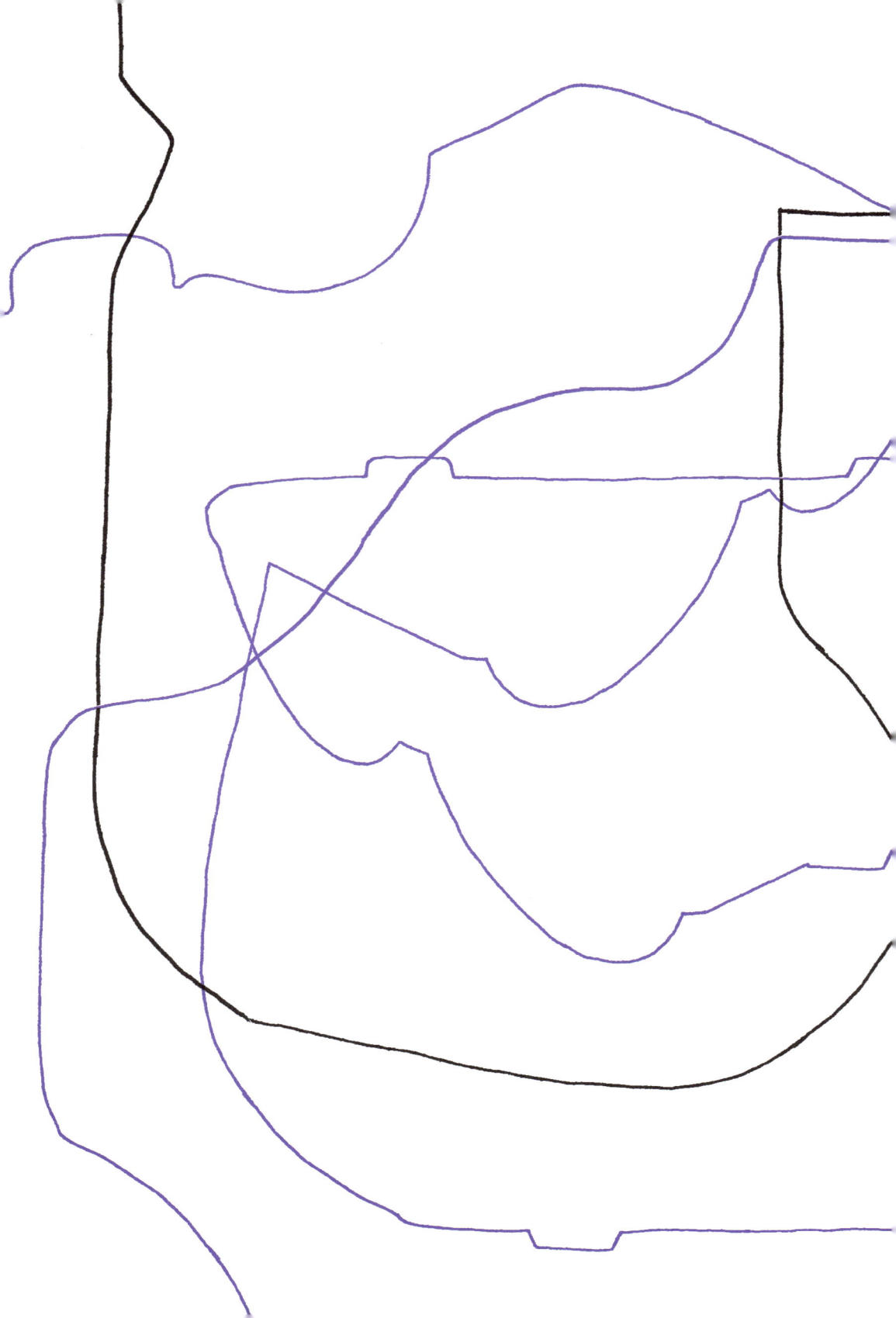

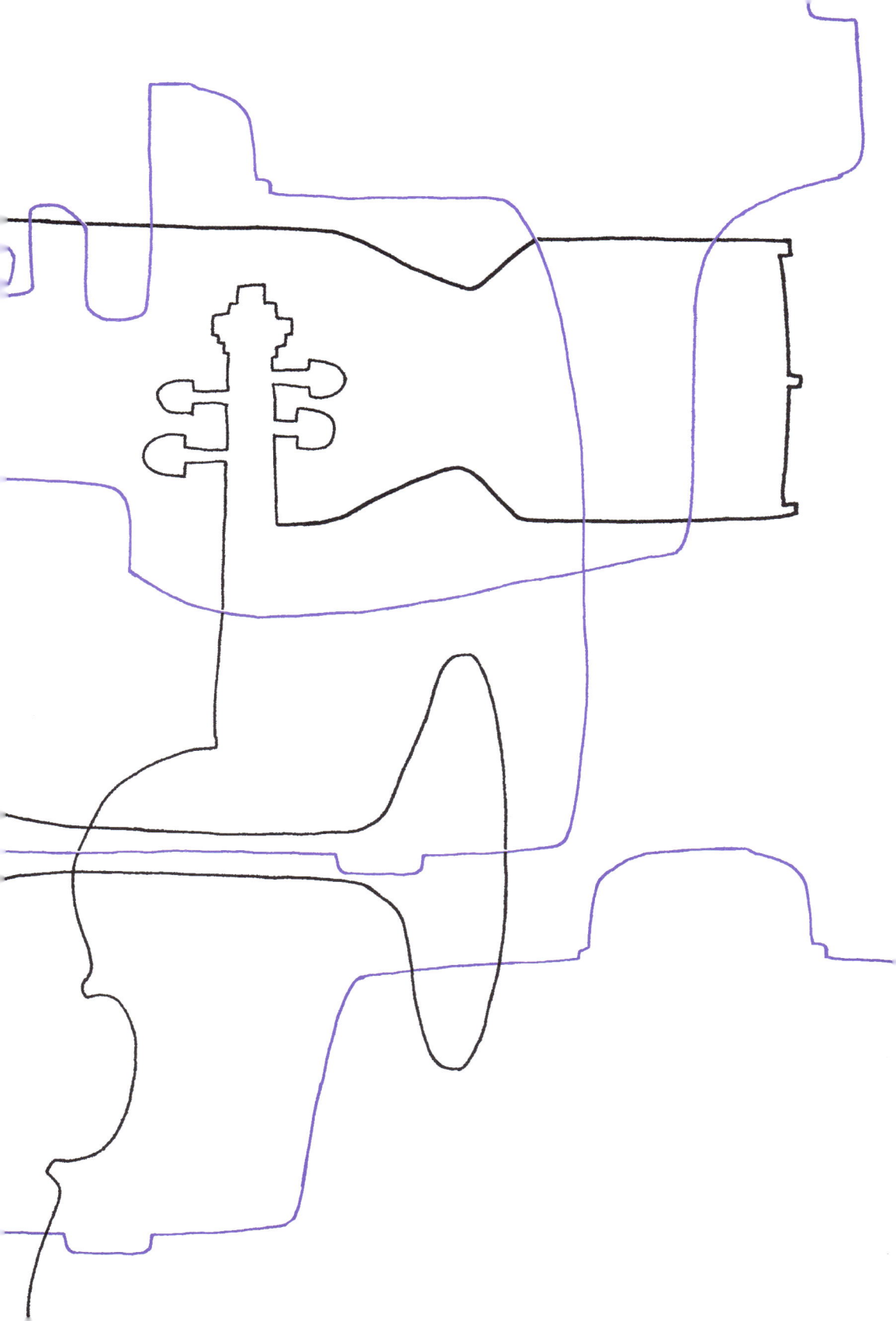

Paris, 30 de agosto de 1944.

Minha querida,

Até o momento, ocupado com o muito a fazer nesta cidade, resignei-me e, confesso, quase me esqueci de você. A distância faz isso. Aos poucos, deixamos de desenhar o rosto, lembrar do perfume, esquecemos os planos. No último momento, nos lembramos do olhar. É preciso um esforço enorme para acreditar na realidade dos momentos vividos. Seu rosto agoniza em minha mente.

Se apenas agora experimento tal dissabor, é porque a situação se atenua um pouco. A guerra fez muitas vítimas. Não apenas entre judeus. Quando pude, os pus a salvo ou prolonguei suas vidas diante do inevitável. Eles não puderam organizar uma resistência efetiva. Suas condições eram extremamente desfavoráveis.

Foi difícil ajudar aqueles que me procuravam. Os países controlavam suas fronteiras com as políticas que consideravam justas. Ainda assim, comprei passaportes falsos, vistos de entrada, e paguei propinas a soldados de fronteira. Não poderia ver, impassível, os absurdos cometidos contra seres humanos, inclusive crianças.

Logo que aqui cheguei, tomava um café na Rue de Rivoli, lia um jornal e pensava quanto seria bom se estivesse comigo. Foi então que vi um homem ser espancado. Era um sujeito de idade próxima à minha. Não teve tempo de reagir. Um nazista aplicou-lhe golpes seguidos no pulso, enquanto o esmagava sob o peso das botas. Não demorou para que a coronha do fuzil fizesse saltar a mão para a sarjeta, ficando a mexer-se um tempo, até soltar a bolacha que segurava.

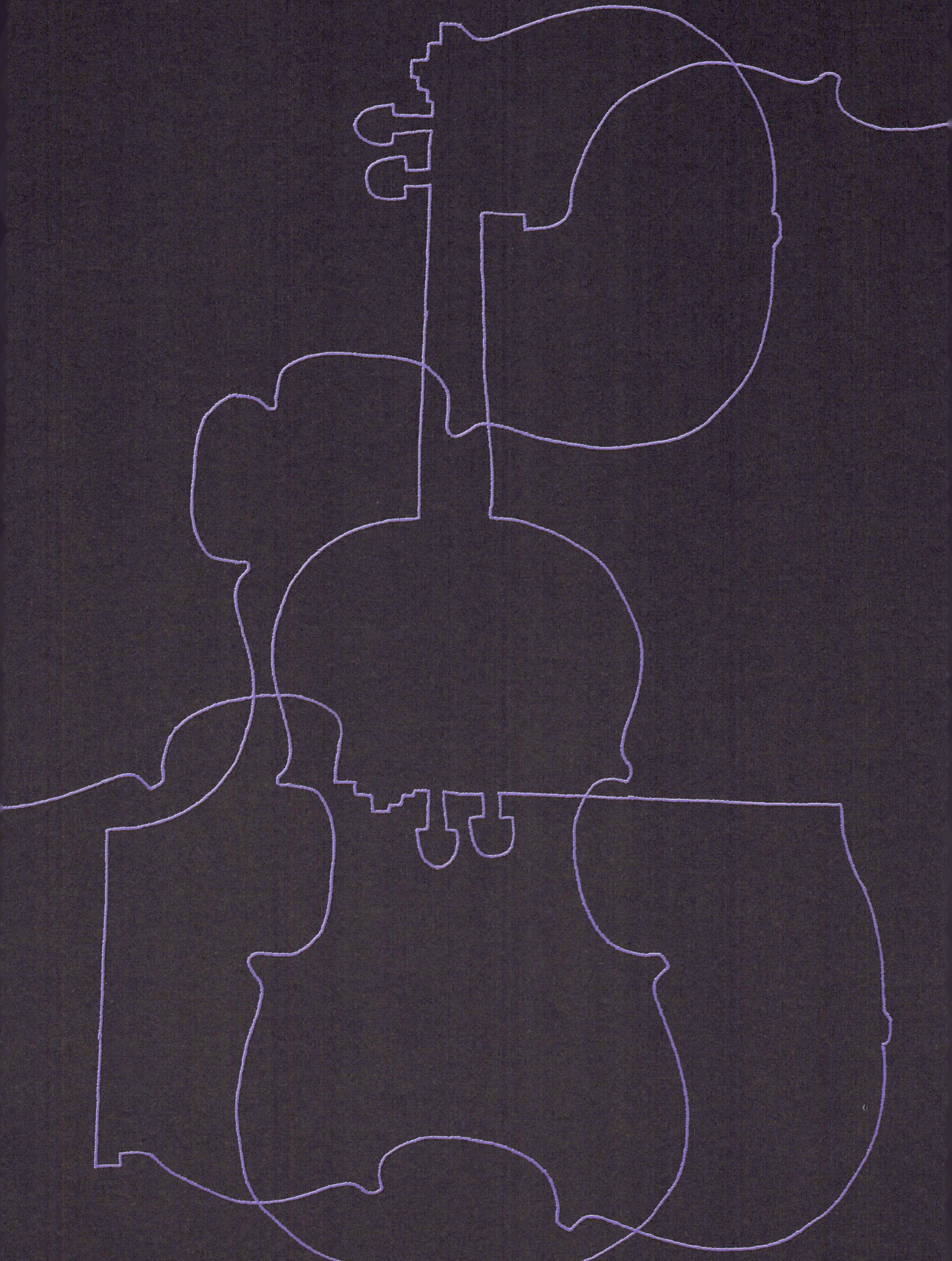

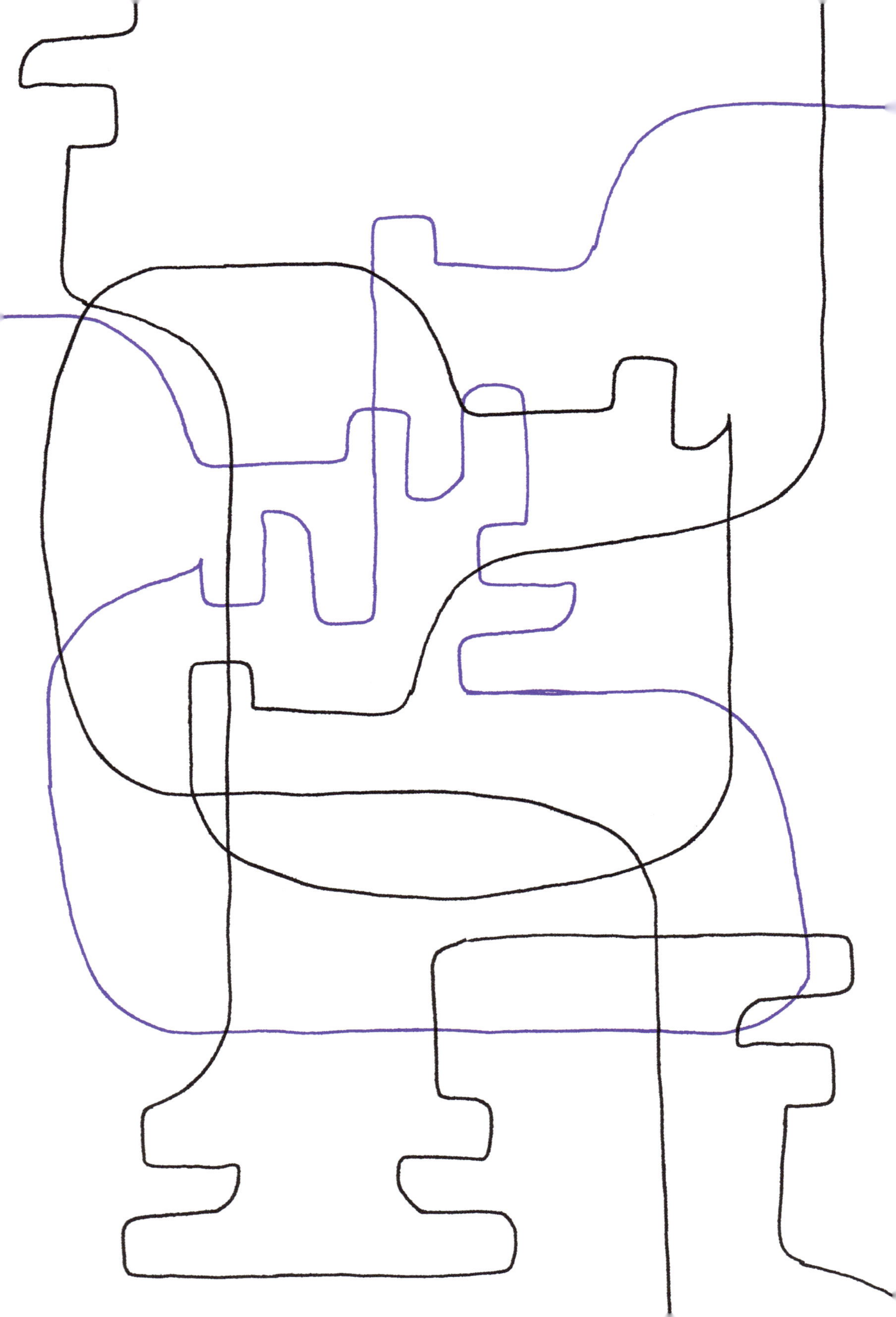

Não bastando, o soldado pisou em sua coluna até esmagar os ossos. O rapaz não gritou, não amaldiçoou, não derramou lágrimas. Morreu como morrem os homens corajosos. Em silêncio. O sangue tingiu a calçada e, certamente, permanecerá nas pedras por dezenas de anos. Para lembrar-nos que talvez tivesse um filho esfomeado escondido num porão enquanto um sujeito patológico brincava de conquistar o mundo. Naquele momento, lembrei de minha missão.

Famílias inteiras foram privadas de suas posses. Cadáveres permaneciam nas calçadas por muitos dias, até desaparecerem, carregados como carcaças de açougue, levados para valas comuns e depósitos de lixo. Utilizei o tempo dos estudos e a desilusão lutando por essas pessoas.

Finalmente, numa madrugada de junho, os aviões dos aliados bombardearam as fortificações da costa normanda. Após uma expedição contra os alemães, as tropas chegaram a Paris, retomando-a depois de anos de ocupação alemã.

Hitler visitou a cidade durante uma madrugada de junho de 1940. A população tinha certeza de que a visita antecedia a destruição da capital, e muitos a deixaram naquele dia. Por sorte foi mantida e, graças a isso, os edifícios permaneceram intactos em sua maioria. Entre as construções que serviram de base para os nazistas, no entanto, muitas foram incendiadas nestes dias de desocupação.

A guerra certamente precisava do empenho dos aliados para romper barreiras. Mas a Resistência foi uma força silenciosa, lutando contra os recalques dos ocupantes, enfrentando o rosnado dos SS. Sinto orgulho por ter sido parte do movimento.

E quanto a você, minha doce ilusão? Sua decisão foi fundamental para o destino de muitas pessoas. Se aqui estivesse, eu não teria dedicado nenhuma preocupação a elas. Gostaria de reencontrá-la, constatar o que sinto por você. Verificar se ainda é possível vencer este terrível demônio do esquecimento. Faça-me uma surpresa.

Jacques

Por sorte a carta não foi desviada. Possivelmente foi recolhida por Etel e entregue à destinatária ou, talvez, tenha sido depositada na caixa de correspondências em uma tarde em que Luda estava na varanda avaliando os acontecimentos recentes, como atesta seu estado de ânimo descrito numa das páginas de setembro.

14 DE SETEMBRO DE 1944

Temo um destino ainda pior no sanatório, onde meus sonhos e segredos seriam vasculhados e tolhidos. Lucas Gentille adquiriu uma segurança surpreendente durante minha ausência. À medida que os Gentilles envelhecem, também enriquecem. É urgente casar o filho. Fizeram-se convidar para um jantar em nossa casa, sugestão obviamente acatada por meu pai. Quanto a mim, embora tentada a ter uma convincente crise dos nervos, me resignei. O casamento talvez seja um atalho para a felicidade. No mais, meu pai não deve ter muito tempo de vida.

Não duvido do talento de Luda para forjar uma convincente crise de nervos. Tornou-se dissimulada com as experiências, atriz. Inúmeras vezes, desde o início deste livro, me perguntei quando escrevia a verdade e quanto a manipulava em nossas conversas na Rua da Brisa. E, admito, quando mais acreditei em seus relatos foi nos momentos em que tinha certeza de que mentia.

18 DE SETEMBRO DE 1944

Ontem, surgiram os três Gentilles, metidos em suas melhores roupas. A Sra. Gentille transpirava sob o lamê dourado. O pai envergava casaca, e ele, o filho, meu noivo, usava barba que, a despeito de sua condição, imprime ao rosto uma respeitabilidade aristocrática. Não olha mais para o chão. Beijou a minha mão com o desprendimento de um varão, pronto a povoar a Terra com sua linhagem. É outro homem. Trouxe um anel, joia digna de nota. Os presentes ficaram deslumbrados com o rubi e brilhantes. Demonstrei felicidade e satisfação.

Soube, ainda nos tempos da Rua da Brisa, que Luda cuidou pessoalmente da confecção do vestido de noiva e fez segredo até o momento de entrar na igreja. Outra condição imposta: entraria sozinha na catedral e sem música. Em 29 de setembro de 1944 ela descreveu o casamento.

A nave estava iluminada por velas de um metro de altura. Quando os sinos soaram, as portas se abriram e os incensórios espalharam a fumaça abundante que envolveu um vulto negro. Nenhum murmúrio levantou-se da assistência enquanto eu avançava pelo tapete. Vestia um modelo que não deixava ver nenhum pedaço de pele e tinha a cabeça envolta por um longo véu negro. Achei divertidas as expressões de espanto nos rostos dos convidados, que apenas relaxaram quando deixei cair o véu e Lucas foi levado até mim aos pés do altar. No mais, a cerimônia foi tradicional.

Estive em Vagas do Destino por duas vezes antes de buscar a história de Luda em Paris. As lembranças de minha adolescência vinham me incomodando, e as tardes na Rua da Brisa voltavam claras como um daqueles dias. Os olhos de minha anfitriã surgiam em minha mente, o sorriso cuidadoso voltava a me atrair. Fui a Vagas do Destino em busca de seu passado. Eu imaginava poder falar com ela, ouvir a verdade sobre minha amiga, mas Luda falecera um dia antes de minha chegada.

Alguns dias depois, recebi um pacote de volume considerável, sem remetente, contendo o diário, escrito com tinta vermelha, a correspondência de Luda e Jacques, fotos, um livro de Jean Prévost, autor que eu não conhecia, e um frasco de vidro contendo o resto de uma substância. Um bilhete acompanhava os pertences e jamais descobri quem o escrevera. Dizia: "Vá a Paris. Hotel Z., Boulevard Sebastopol. O apartamento 8 do número 5, Rue Cité Bergère, também guarda parte da história. Queime as evidências depois". Voltei a Vagas. Agora para pesquisar os arquivos do cartório de registros, coletando tudo o que pudesse ter relação com o período desde o nascimento de Luda até seus dias de juventude nos anos 1940.

Tive acesso ao jornal de Vagas do Destino, A Gazetta de Vagas. Primeiro por meio de alguns recortes colados em posições estratégicas do diário. Eram procedentes alguns acontecimentos, especialmente as notícias sobre a guerra; havia muitas, revelando um interesse vital pelo desenrolar dos fatos. Em outros casos, não havia recortes, mas cópias datilografadas do que seriam matérias de A Gazetta de Vagas, igualmente coladas no volume. Lendo as edições das décadas de 1930 e 1940 nos arquivos daquele jornal, cedidos pelo editor, observei que tais notícias não se encontravam publicadas. Era preocupante e, obviamente, duvidei da conduta de minha protagonista. Notadamente pelo fato de o casamento não ter sido citado em nenhuma das edições. Cheguei, neste momento, a duvidar que Luda tivesse se casado e duvidei da existência de Lucas Gentille. De qualquer maneira, ainda era cedo para desconsiderar a história em minhas mãos. Decidi dar um voto de confiança a Luda Glauben. Afinal, a verdade contida em sua vida não poderia ser tomada de maneira totalmente improcedente.

PRIMEIRO DE OUTUBRO DE 1944

(...). Não é totalmente inescrupuloso o fato de ter me casado. Venho sendo muito bem tratada na casa dos Gentilles. Todos são atenciosos e deram-me um quarto bastante agradável. Até agradeci a papai por ter me obrigado a casar. Tenho certeza de que fez bom proveito do excelente vinho que lhe enviei. Uma safra notável! (...)

Há dois dias ocupava o quarto contíguo ao de Lucas. Nesta noite, considerei estar suficientemente segura e consumei o casamento. Estou absolutamente feliz e senti que deveria comemorar de alguma maneira.

Foi misterioso. Recebi e acolhi meu marido. Tanto mais porque a Lua sugeria unidade. Paguei a primeira parcela de minhas dívidas. Vida e morte rituais. Encantamento. Homem nenhum viu coisa igual. Agora, tomo champanhe (...).

A que Luda teria comemorado? Qual acontecimento mereceria a consumação do casamento? Ao que parece, não poupou carícias e seduções, para escândalo e satisfação dos sogros. Mas é um tanto sádico o fato de ter tomado champanhe, pois o resultado da noite de núpcias foi desastroso:

(...) nada há de normal em alguém falecer durante a noite de núpcias. Mesmo em se tratando de um homem com os limites de Lucas. Ele tinha o papel de espectador diante das possibilidades do mundo. Era uma espécie de depositário da virtude e, eu, a devastação. De qualquer modo, para todos os efeitos, terá sido uma fatalidade.

Não se pode ter certeza se a iniciativa de reunir a família para esclarecer as circunstâncias da morte de Lucas partiu da viúva ou de seus cunhados. De qualquer maneira, não foi Lothar Glauben quem convocou os parentes. Sua presença não é citada por ocasião da reunião. De acordo com as informações contidas no diário, pode-se depreender que Luda, até o momento do encontro familiar, não sabia como agir. A princípio parece ter procurado esclarecer ambiguamente seu conflito, antecipando-se à possibilidade de suspeitas. Suas irmãs, ao que tudo indica, não lhe atribuíram nenhuma culpa. Ao contrário, os cunhados suscitaram dúvidas.

5 DE OUTUBRO DE 1944

Apogeu e Juvenal certamente visitaram o velho Gentille com a boa intenção de levar suas condolências. Procuram evidências que possam me incriminar e impedir que eu use o dinheiro do morto como me convier. Não ficaram totalmente decepcionados. Embora meu sogro não dissesse tudo o que ouvira, os homens deduziram, excitados em alguns de seus sentidos. Sabem que eu levei Lucas à morte. Eles têm um assassinato em mãos. Tentaram convencer minhas irmãs a respeito de um plano de desmoralização, mas foram infelizes ao utilizarem a palavra "assassina". Juvenal sugeriu que minhas irmãs se retirassem (...).

Juvenal foi quem primeiro falou, como demonstra o diálogo a seguir, sugerido pelas páginas do diário.
— Minha cara cunhada, a senhora deve, por certo, lamentar a morte de seu amado esposo...
— Sem dúvida — suspirou Luda.
— Então, continuou o interlocutor, a senhora não pensaria em macular a memória do defunto...
— Não pensaria — atalhou Apogeu — em trair os planos concebidos por nosso prezado Lucas!
— Não ousaria, emendou o primeiro.
Luda, conjecturo, encarou a ambos com a superioridade que lhe proporcionavam os títulos e a liquidez constatados nos papéis de que tomara posse no dia seguinte à morte do marido.
— Ora, cunhados, eu jamais imaginaria que pudessem ter tanta consideração pelo finado! Ou será exatamente pela posição ocupada por ele agora que ouço tantas demonstrações de fidelidade e compaixão?

(...) sentei-me calmamente e expliquei que nada do acordado entre os Gentilles e meus cunhados teria continuidade. Eu agora detenho as ações e os títulos que pertenciam ao meu marido, a maioria de todos os bens da família Gentille, e não estou, de antemão, de acordo com nenhuma sociedade. O dinheiro que tanto prezam também é prezado por mim. Será minha liberdade! Mas os lobos estão famintos. Esmagarei os dois com um plano relativamente simples, que talvez tenha outras implicações pouco lamentáveis (...).

— *Ora, ora, ora!* —, *teria dito Juvenal.* — *Veja, Apogeu, no que se tornou nossa pequena ovelhinha!*

(...) Apogeu aproximou-se e pude sentir seu hálito de frutos do mar, seus cabelos ensebados. Suas unhas compridas de violonista amador tocaram meu rosto e sua voz pretensiosa despejou ameaças em meus ouvidos! Falou carregando no sotaque, querendo parecer malvado (...).

— *Que modos feios,* **non**? *Sabemos de algumas atitudes tomadas pela senhora que fariam corar um* **gangster**! *Estamos, eu e Juvenal, um tanto preocupados com sua sanidade. Até cogitamos sobre uma clínica bastante adequada a uma dama de sua posição. Mas não faríamos nada sem a sua aprovação!*

(...). Juvenal sorriu. Acariciou meus cabelos, o rosto, desceu as mãos para as pernas, roçando a seda do vestido, despejou no decote um olhar suplicante, ajoelhou e observou detidamente os intervalos entre os dedos de meus pés, metidos em sapatos rasos e de saltos altíssimos. Ergueu os olhos, fingindo implorar por um destino secreto, e afirmou que eu estava nas mãos deles (...).

— *Está em nossas mãos, cunhadinha! Acho uma desgraça desperdiçá-la num sanatório ou na prisão. Poderíamos nos associar.*

Tenho certeza de que seria prazer concreto. Que pensa a cunhadinha a esse respeito? E quanto ao namorado que jamais existiu? Hum? Poderíamos utilizar suas condições mentais a nosso favor e, pelo olhar desalentador que demonstra agora, não estaríamos equivocados! Hum?! Que acha?

(...). Eles estão blefando, mas não me deixam escolha! Foram realmente muito convincentes! Eu disse que faria a sociedade. E ainda, para firmar meu interesse, lhes prometi um presente. Amanhã, na marina, assinaremos o contrato. Pedi que levassem minhas irmãs para comemorarmos a união nos negócios. Eu os encontrarei no píer nove, no barco dos Gentilles, que agora é meu, o Lúmen. Estarei esperando com o champanhe. Despedi-me da corja alegando exaustão. (...)

— Ah! Claro! Descanse — disse Juvenal.
— Mas — lembraria Apogeu — ia dimenticando, cara mia! Não esqueça de levar consigo algum dinheiro. O suficiente para termos algo de concreto na comemoração!
— Não esquecerei, senhores! Teremos muito além das primazias do que é concreto até a noite de amanhã.

Não há dúvidas de que os cavalheiros seriam os homens mais importantes do lugar, se não estivessem numa cidade chamada Vagas do Destino e não tivessem açoitado o demônio, disfarçado naquela mulher de olhar lânguido, cabelos arrebatadores e seios fartos, repousados num corpo esguio, constante e displicentemente acariciado por mãos de unhas vermelhas.

As entrelinhas desta história permitem insinuar que, naquela noite, quando a cidade mergulhou num silêncio obstinado, sem testemunhas, um vulto esgueirou-se, quase a levitar, pisando as pedras das ruas com leveza espectral. Atravessou a ponte num balé macabro, *atingindo a marina da cidade. Correu pelo piso de madeira sem emitir ruído, como se calçasse sapatilhas eclesiais. Diante do Lúmen, o vulto parou. Saltou para o convés e tirou das vestes um pequeno maçarico. Procurou a escada de corda utilizada para eventuais necessidades no mar e queimou sua base até deixar apenas fiapos de sustentação. Recolocou-a no lugar, atirou o maçarico na água e partiu, lutando contra o vento cortante da noite.*

7 DE OUTUBRO DE 1944

Fiquei um tanto aturdida com a presença de minhas irmãs, mas estou me habituando a não ser exageradamente sentimental. Deixei-os subir a bordo e abri sobre a mesa uma maleta de dinheiro. Vi expressões de tanta felicidade em seus rostos que revi minhas irmãs em seus corpos de criança. Tornaram-se tão pequenos diante de mim, ao mesmo tempo adoráveis e ridículos. Eram patéticos em suas roupas listradas de velejar. Juvenal vestia um quepe de capitão. Era versado também na arte do timão. Se fosse um avião, certamente ele saberia pilotar. Aleguei indisposição e desci para o atracadouro.

O Lúmen partiu e eu fechei os olhos, evocando os dias de minha infância, pensando em Sissi e Elizabeta como parte de um passado tragado pela tragédia. Hoje, recebi a notícia por um policial. O Lúmen foi encontrado com o casco arranhado. Meus parentes foram devorados pelos tubarões. Provavelmente a escada se rompeu enquanto nadavam e eles não puderam voltar a bordo.

Então, Luda partiu ao encontro de seu amor. Chegou a Paris em fins de outubro de 1944. Mais precisamente no dia 28, um sábado, segundo registros do Hotel Z., no Boulevard Sebastopol, uma das poucas evidências, senão a única, de sua permanência na cidade. Hospedou-se no quarto 22. "Luda Glauben-Gentille – Chambre 22", observei no livro de registros.

Mais de cinquenta anos depois, eu refazia seus passos. Vim à cidade em busca de Luda e me hospedei no Hotel Z. Depois, desejando fazer o mesmo percurso em direção ao endereço de Jacques, descobri que o antigo edifício, decadente por longos anos, foi recuperado e também transformado em hotel. Encontro-me hospedado, agora, em um de seus quartos, concluindo este livro. Talvez seja o mesmo apartamento que teria abrigado Jacques e Luda em meados dos anos 1940.

01

TO

9 DE NOVEMBRO DE 1965

Paris sempre esteve no imaginário dos românticos. Até Hitler a amava e desejou tê-la como mais um monumento consagrado a si e a seus ideais. Estava fria quando eu me dirigia para o hotel a fim de descansar antes de encontrar Jacques. Ainda não despertara para a cidade plena de mistérios e civilidade, síntese de todas as possibilidades do amor. Qualquer ideal, uma mansarda debruçada sobre os telhados, iluminada por velas e cheirando a pão fresco, assado sobre o aquecedor a lenha; uma suíte de hotel com todos os requintes, como um violinista ou um criado indiano; um encantador *bistrot*, escondido entre as vielas, cujas paredes de pedra parecem cofiar longas barbas; qualquer sonho ou pesadelo, embalo, imobilidade ou equilíbrio podiam ser encontrados em Paris. A cidade mutilava e, depois, restaurava as almas para, em seguida, fazê-las novamente oscilar entre o real e o imaginário.

Eu experimentaria todas as sensações. Naquele momento, contudo, percebi estar muito mais ansiosa pelo reencontro com Jacques do que, propriamente, pelo contato com a cidade. Paris tomava, então, a forma corriqueira de um receptáculo. Minhas primeiras impressões não foram agradáveis.

Combinando as imagens depreendidas da leitura do diário, naquela noite, não poderia ser diferente, Luda vestiu-se elegantemente e seguiu pelos bulevares. Tomou a Rue du Faubourg Montmartre e entrou em uma ruazinha sob um portal.

29 DE OUTUBRO DE 1944

(...). É um beco daqueles que parecem guardar segredos. Úmido, escuro, com portas de madeira adornadas por losangos vazados, sempre fechadas, como se escondessem outro mundo, ou nada. Apenas portas, ali colocadas para esconderem uma parede de tijolos, um muro, ou misérias. Sordidez. Sobre elas, janelas semifechadas, escondendo sombras que espionam a rua. Ao fundo, uma loja de máquinas de costura expõe uma delas na vitrine escura e, do lado de fora, vassouras. Outra vitrine, misto de salão de beleza e loja de artigos femininos, apresenta um manequim de antes da guerra. Usa um vestido fluido e uma peruca desbotada que teria sido ruiva nos bons tempos. Tudo empoeirado, sem esperanças, completamente diferente do imaginado por mim. É assustador. Se julgasse pela aparência, teria fugido dali.

A porta do pequeno prédio estava aberta e foi muito fácil encontrar o apartamento. Contudo, foi realmente difícil tocar a campainha. Eu transpirava, apesar de todo o frio. Estava prestes a voltar para o hotel quando ouvi os risos de um casal, sedimentando o aconchego e isolamento sugeridos pela friagem.

Voltei um dia, uma noite, numa sucessão interminável. Os medos de minha infância gotejavam das axilas. Era como se tivesse impetrado um logro. Seria, finalmente, a consciência de que minhas manobras jamais me levarão a um final feliz? Voltar atrás traria uma compensação. Mas negar-me à possível felicidade no último momento seria redenção ou utopia? Não esperei pela resposta. Estava congelando e temia ser surpreendida por um morador ou pelo próprio Jacques. Apertei a campainha e ouvi passos. Aguardei, recuperada das divagações.

Jacques abriu a porta e me abraçou, como se soubesse de minha chegada. Na sala simples, a mesa estava elegantemente composta. "Sempre que posso", disse, "preparo o jantar e a espero. Embora todas as evidências conspirassem contra meu desejo, aguardava um milagre e ele aconteceu!".

O beijo imprimiu a seu comportamento metódico um fundamento de verdade. Não poderia estar mentindo. Eu não posso estar enganada.

— *Vejo que se cumpriram suas expectativas* — *constataria Luda, observando a profusão de cavaletes e quadros espalhados pelo apartamento.*

— *A guerra mudou alguma coisa* —, *admitiu Jacques.* — *Eu poderia ter avançado mais se não fosse a guerra! Recebeu minhas últimas cartas, não?*

Ela fez um sinal afirmativo.

— *Dentro de mim também houve uma guerra...*

— *Uma guerra?!*

30 DE OUTUBRO DE 1944

(...). Sim, uma guerra de consciência! Há algo, uma mágoa que não sei se poderei superar. Embora saiba que seria impossível para Jacques permanecer em Vagas do Destino, sua partida foi lastimável. Algo em mim se transformou em um monstro. Devo ter muito cuidado, saber controlá-lo. Por Jacques, descobri quanto posso ser ardilosa. Sinto medo de estar sozinha!

Ele me envolveu num terno abraço, convincente à primeira vista, porém, demasiadamente sedutor para alguém que estivera ocupado apenas com a guerra nos últimos meses.

Um ódio obsessivo me invadiu e elaborei um plano para matar o homem. Poderia fugir para o Marrocos ou para a Turquia. Chorei ante a brutal desilusão de não ter um lugar no mundo. Nem mesmo em meu próprio mundo íntimo. Sentir-me-ia banida em qualquer lugar. Não posso permanecer inteira nem mesmo no território fértil de minha imaginação. Suspirei, resignando-me ao destino errante.

Hoje, naturalmente, me mudei. Não terei muitas dificuldades em adaptar-me à nova vida. Há um desejo que não pode ser engodo do destino. E o desejo é a única vicissitude à qual posso me apegar neste momento. A cidade começa a se revelar. Jacques está feliz como uma criança.

Certamente Luda sentia um prazer aconchegante ao caminhar de mãos dadas, tomar drinques nos cafés ou enrolar o cachecol no pescoço de Jacques, que lhe mostrava a cidade e as diferenças entre os estabelecimentos gastronômicos.

8 DE NOVEMBRO DE 1944

Há algo nesta cidade que encanta. Não sei se é o desconforto do frio, se são os olhares que me olham (e eu os devolvo), o cheiro peculiar de castanhas assadas nos fogareiros de rua, se os perfumes, que me colhem como se falassem com os meus sentidos. Não sei se é o prazer de voltar para casa e me aquecer com uma xícara de chá enquanto olho para a rua emoldurada pela janela (as janelas que só se encontram em Paris!). Não sei quantos prazeres ainda terei, como o de andar pelas ruas de Saint-Germain, mesmo com a realidade da ocupação ainda presente.

Felizmente a cidade está se recuperando. Os parisienses que a haviam abandonado estão voltando. Quase todos os dias vejo gente chegando, a pé, de carro, ou em cima de caminhões, acompanhando seus pertences. Limpam as casas, livram os monumentos dos tapumes e sacos de areia, utilizados para protegê-los, reabrem lojas, recolocam as pedras dos calçamentos, arrancadas para a construção de barricadas. Prestam homenagens, embora informalmente, aos homens e mulheres que se empenharam na Resistência, defendendo a França, matando quando necessário, mas, sobretudo, utilizando a inteligência a serviço da humanidade, valendo-se das suscetibilidades do eixo para sabotar os empenhos nazistas.

Jamais supus que chegaria a esta cidade num momento tão difícil. Provinciana que sou, sonhava chegar diretamente pela Champs-Élysées, como se a avenida fosse o fim de uma estrada que me trouxesse de Vagas do Destino diretamente a Paris. Ainda tenho muito a aprender. Jacques me explicou que *restaurants* servem refeições completas. Poucos pratos são servidos nos *bistrots*. Os cafés são para qualquer hora. Se estiver com pressa, devo ir a uma *brasserie*!

À noite, iam aos clubes de jazz ou a outros lugares, como as boates. Uma daquelas noites foi registrada em 1961, certamente em um momento de nostalgia. Neste registro é possível constatar certa fantasia sobre a noite parisiense, embora, à distância dos fatos, Luda já pudesse contar com uma visão mais crítica.

13 DE NOVEMBRO DE 1961

(...). No dia seguinte à minha mudança, 31 de outubro, saímos para encontrar uma cantora que fez muito sucesso no pós-guerra. Eu já ouvira sobre a misteriosa criatura que andava de boate em boate arrecadando a simpatia dos notívagos e fiquei ansiosa. A voz atraía, aquietava o escândalo moral, pois ela não era exatamente uma mulher, e eu jamais tivera conhecimento de tal possibilidade. A transgressão começou a ser diluída quando começamos a errar pela noite de Montparnasse e encontramos toda a sorte de gente. Bem-nascidos ávidos por novidades, estrangeiros deslumbrados, escritores apopléticos e artistas de sentimentos exagerados. Todos em elevado estado alcoólico, esbanjando felicidade e perfumes pelas ruas escuras e ambientes enfumaçados. Todos fumavam naqueles lugares, e a fumaça dava a impressão de se estar sonhando. As pessoas entravam nos lugares e permaneciam pelo tempo de um drinque, seguindo para outros endereços. Aqueles que não se conheciam, vendo-se companheiros de jornada, trocavam endereços como se fossem promessas amorosas. Um homem se aproximou de mim e conversamos. Ele não viu Jacques e eu tive de dizer que estava acompanhada.

Fiquei seduzida por aquele território pagão. No Boulevard Montparnasse, entramos na primeira boate e pedimos conhaque. Uma negra dançava ferozmente em meio à confusão e era cumprimentada por todos. Fiquei curiosa para saber de quem se tratava, mas Jacques não a conhecia. Não havia novidades naquele lugar. Melhor dizendo, não encontraríamos ali o que buscávamos. Tomamos a Rue Brea, onde encontramos o segundo endereço a ser visitado. Pelo movimento na porta, algo deveria estar acontecendo. Eu esperava pela sorte, pois um aguaceiro se formava sobre nossas cabeças.

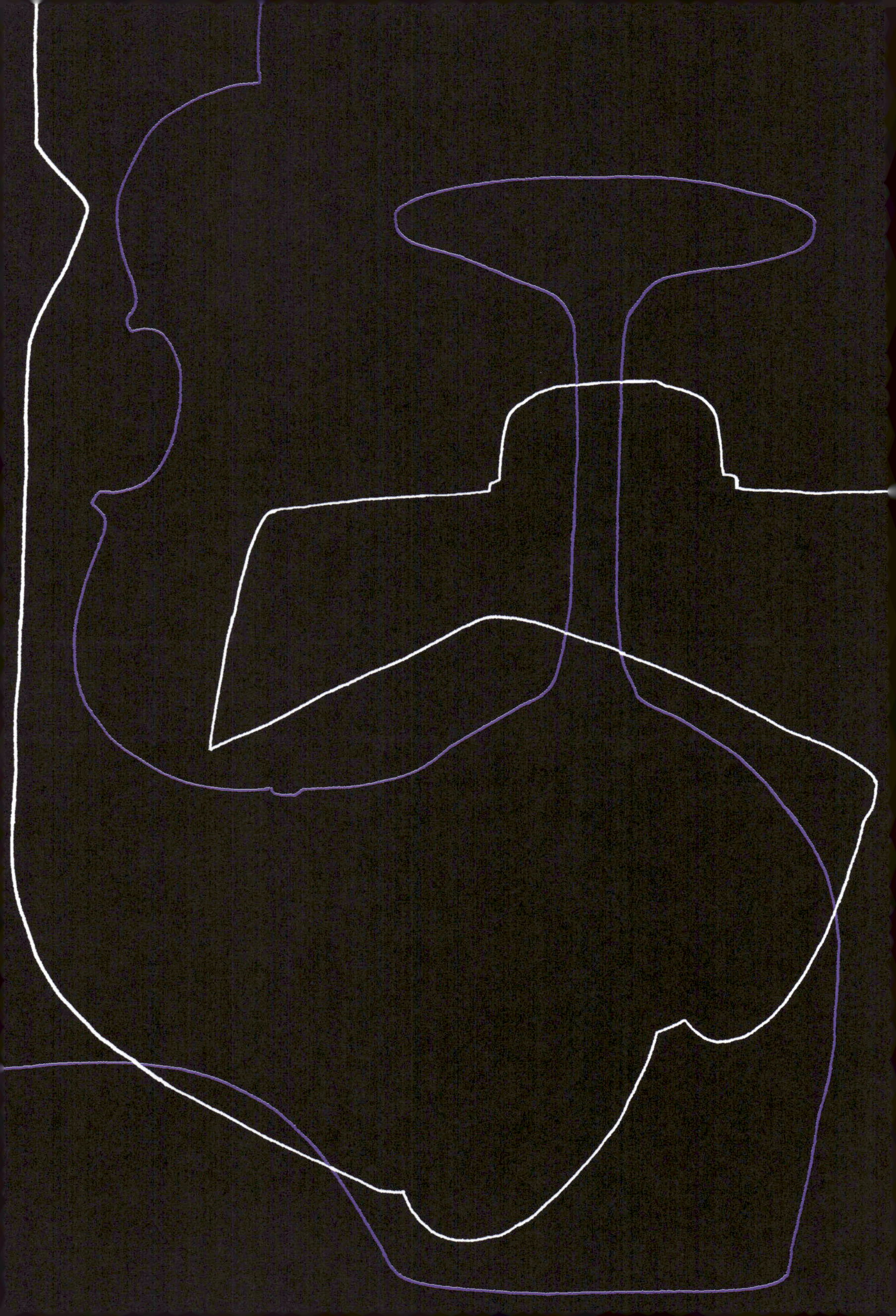

Quinze minutos na fila foi o tempo de espera. As pessoas iam sendo engolidas aos poucos até desabar a chuva e todos começarem a forçar a entrada. Confesso que, naquele momento, eu me arrependi do programa. Jacques não parecia lamentar. Aliás, Jacques parecia não estar presente.

Quando toda a boate estava embriagada, ela apareceu. Diva era a palavra para descrevê-la. Jamais, depois daquela noite, vi uma criatura tão bonita. Usava um vestido vermelho-escuro. Os cabelos longos moviam-se ao sabor dos ventiladores do palco apertado. Vinha carregada por rapazes vestindo *smokings*. Era a primeira-dama dos clubes e arredores, talvez da cidade, do país, da Europa. Pioneira no gênero, anjo sem sexo, rainha do *blues*: Dana Len-Visouch. Embrião da modernidade, sofisticação cosmopolita, vanguarda, pretensão também. Desafio da nova mentalidade plural do pós-guerra, vítima da opção, solidão. Voz, convicção e medo. Suscetibilidade. Música. Vibrei com Dana Len-Visouch como poucas vezes em minha vida. Ela não parecia ter uma existência real.

O sol nascia quando ela partiu, levada pelos escudeiros sabe-se lá para onde. O dia poderia ser igual a todos os outros para a maioria, mas não para quem tivesse ouvido Dana Len-Visouch.

Como sempre faziam, Jacques e Luda devem ter caminhado — "gostávamos de flanar", me falou um dia — passando pelos jardins do Louvre, até Champs-Élysées, onde tomavam o café. Muitas vezes, emendavam noites e manhãs, voltando para casa apenas à tarde, experimentando comidas exóticas, indo ao cinema. Sob as chuvas vespertinas, a Concorde era destino corriqueiro. Era "lisonjeiro pisar os seixos do Jardim das Tulherias". Os dias intercalavam-se entre azuis e cinzentos. As árvores submetiam-se ao desnudamento sedutor do outono e, as pessoas, aos beijos surpreendentes nas esquinas.

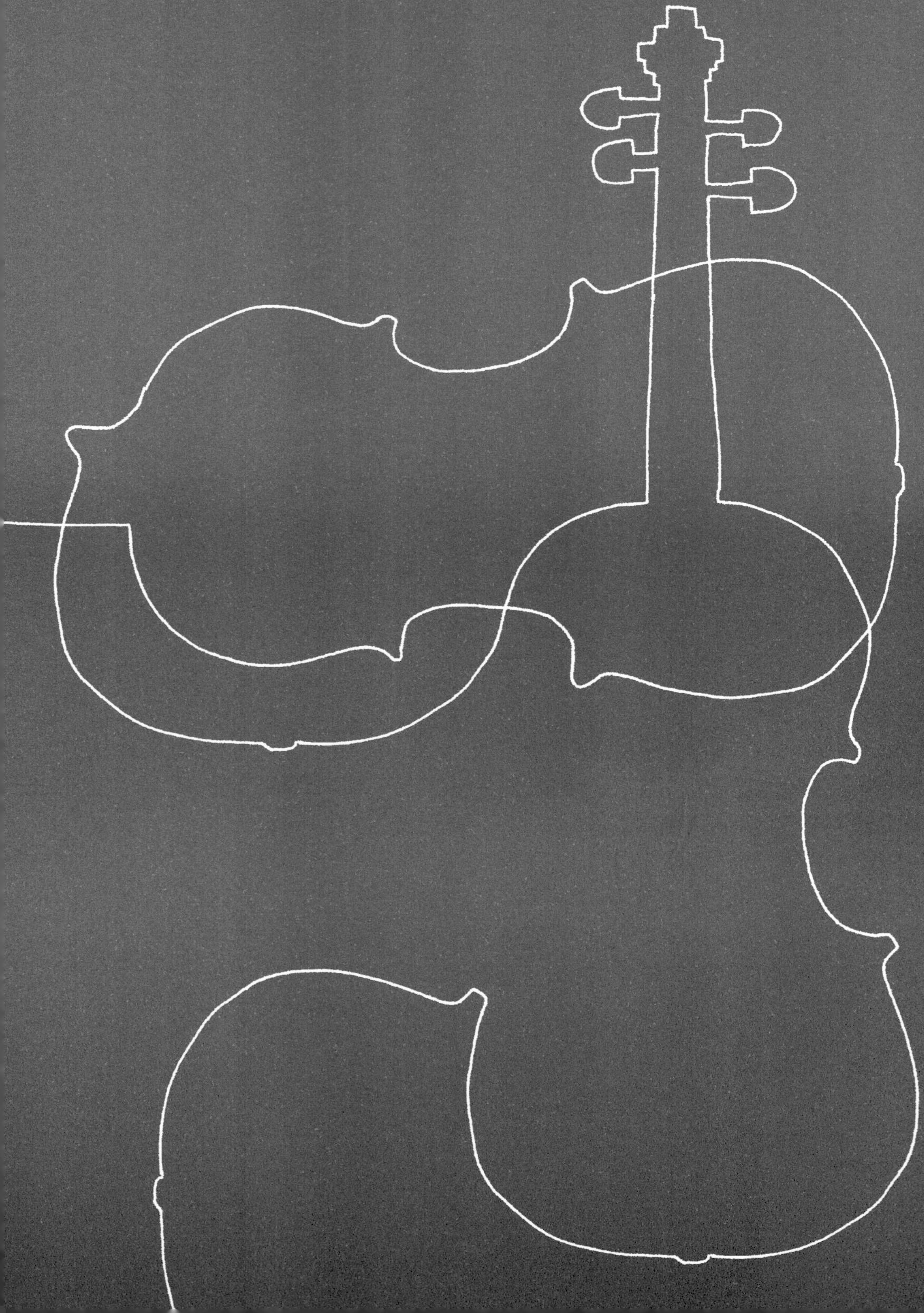

A princípio, Luda caminhava pela cidade com pouca objetividade e grande deslumbramento. Depois, detinha-se a cada detalhe. Com Jacques, visitou igrejas e aprendeu a diferenciar torres e cúpulas. Gostou mais de Saint-Eustache, de dureza gótica e espírito renascentista. "Vi museus que", escreveu, "revelaram-se um tanto cansativos" e, argumentava, "apenas via Jacques em meio aos acervos", completando: "(...) museus foram feitos para a solidão, aprendi. Jamais devemos visitá-los acompanhados, especialmente de quem amamos". Em oposição aos desejos da jovem de Vagas do Destino, aquelas instituições lhe "pareceram secas, sem apelo algum".

Ela interessou-se pela vida de um apartamento do prédio em frente a este hotel, então seu endereço. Casualmente, pela janela, descobriu que, regularmente, um homem o visitava. Podia vê-lo de costas, espreitando a rua como alguém capaz de subverter a ordem.

14 DE NOVEMBRO DE 1944

(...). Ao entrar, beija longamente uma jovem magra, de olhos fundos, desprovida de cabelos e da voracidade típica das amantes. Olham-se como se a despedida fosse uma fatalidade. Ela traz um bebê e o deposita nos braços do visitante. Ele vai para perto da janela e toca carinhosamente, com os lábios, a cabeça do pequeno. Breve, devolve o rebento para a mãe, beija-lhe o rosto, diz algumas palavras e volta para a rua.

O outono cedia lugar a um inverno que seria rigoroso. Tornava-se frequente o vento úmido que modificava o humor de Jacques, deixando-o taciturno, provocando terrível insegurança em Luda. "Jacques preocupa-se. Mas, com o quê?", pergunta em um dos trechos escritos em Paris.

Seria com o fato de nenhum dos dois sentir-se fortalecido para superar os mistérios iniciados no cotidiano? Jacques desaprovava o mundo ao seu redor? "Ele parece sentir a necessidade de renunciar à vida passional". Seria o fim da possibilidade de recuperação dos ideais idílicos para ambos?

26 DE NOVEMBRO DE 1944

(...) ainda assim, tomando champanhe e nos abraçando quase recuperamos o ideal que nos aproximou. Ébrios, nos sentimos apaixonados, e eu me torno a única criatura a quem Jacques poderia amar. É reconfortante estarmos tão perto quando a bebida faz romper os limites da consciência. Ele atira taças para a rua, e eu me divirto com isso. Sinto um privilégio impiedoso ao vê-lo adormecer, após um esforço insuficiente para tirar minhas meias.

Quando já se habituara à cidade, e ainda que o termo "fastio" não seja apropriado para definir o quase descaso com o qual flanava, "um ar de indiferença", escreveu Luda, "pregou-se a meu rosto". A feira da Rue Mouffetard era aguardada durante toda a semana.

Aos domingos vou à Rue Mouffetard. *[Escreveu em 26 de novembro.]* É dos poucos momentos em que, agora, desfruto de alguma alegria. Deixo-me ficar um instante saboreando o prazer da impessoalidade, sentada num café qualquer. Sou finalmente uma refugiada! Estas palavras ora se revestem de uma compensação procedente, ora soam como um castigo (...).

À noite, frequentemente, o casal jantava no Chartier, restaurante onde dividir a mesa com estranhos ainda hoje é corriqueiro.

Ontem à noite, mais uma vez, jantamos no Chartier. Gosto daquele lugar porque me sinto como se fosse convidada. Tudo parece convergir para o sossego, um sossego amparado pelas madeiras da decoração e refletido pelo cobre de todas aquelas panelas. Sempre que ali vamos Jacques conta histórias. Às vezes acho que as inventa. Se pergunto quando aconteceu determinado encontro ou conversa, ele diz que não se lembra. Dessa vez falou de um escritor que conheceu durante a Resistência. (...). Ficou terrivelmente sentido com a morte do amigo, vítima da bala de um alemão. Era um sujeito de muitas histórias, admirável pela força e determinação. Em casa, Jacques me mostrou um volume autografado. Comecei a ler o livro. É de uma melancolia fatal. (Sem data).

Eu mesmo seria capaz de escrever algumas linhas sobre o restaurante popular, localizado no número 7 da Rue du Faubourg Montmartre. A atmosfera é realmente inspiradora e, na década de quarenta, com menos turistas ocupando suas mesas, deveria refletir ao menos um pouco de sossego. Aprecio imaginar antigos frequentadores dos lugares onde vou. Luda também gostava disso, me relatou mais de uma vez. Imaginava, sobre as praias de Vagas do Destino, como seriam com seus habitantes autóctones. Éramos parecidos neste aspecto. Fui ao Chartier pela primeira vez durante minhas investigações e imaginei Luda e Jacques sentados a uma daquelas mesas, falando de amigos, da vida, do amor, da insegurança, desejos e, muito provavelmente, da solidão.

28 DE NOVEMBRO DE 1944

Quando Jacques trabalha, os dias tornam-se longos e a solidão também. Caminho pela cidade e sempre termino meu passeio no Palais Royal. Sento sob as árvores nuas e penso nas antigas histórias do lugar, nos personagens que ali habitaram. Descanso, respirando o ar frio daquele lugar improvável em meu destino de moça de Vagas do Destino.

Quando o frio se torna glacial, é o momento de retornar para Jacques. Sob o calor do aquecedor, nos beijamos até a madrugada ser anunciada pelo furgão de pães.

Minha amiga tornava-se vaidosa quando falava de um quadro que teria sido pintado por Jacques em Paris, pendurado sobre o sofá de sua sala na casa de Vagas. Na pintura, os pés da retratada estavam tensos, os seios intumescidos, o ventre côncavo. Os cabelos e a escuridão escondiam o rosto. Era uma violação, uma maneira intuitiva, ou provocativa, utilizada pelo artista para traduzir a alma de sua mulher.

"Numa tarde de espíritos inconsoláveis (...)", no dizer de Luda, ela posava e avaliava as atitudes do pintor, "(...) imerso no quadro, hipnotizado pelo ruído rascante das pinceladas".

30 DE NOVEMBRO DE 1950

(...) subitamente, sem mover-se, ele afirmou que estaria muito ocupado nos próximos dias. Viajaria e, infelizmente, eu não poderia acompanhá-lo. Havia comprado um único ingresso para a Sinfônica de Paris e recomendou que me divertisse.

Eu disse que ele não era mesmo um homem convencional. Sem deslocar os olhos do trabalho, parou um instante, o pincel suspenso. Perguntou a razão pela qual eu afirmava, ao invés de questionar sobre o que pensava a respeito da convencionalidade. Disse-lhe que não poderia contestar.

Jacques falou como se sentia convencional em Paris naquele momento, especialmente na Escola de Belas Artes, em meio a artistas tão pretensiosos quanto ele. Era como se os nativos o olhassem com o desprezo de quem sabe mais, com o poder de seus séculos de História, como se dissessem para os estrangeiros extasiarem-se com a sua arquitetura, encherem seus cérebros com a literatura, que copiassem os melhores artistas e os piores também, porque, estes, seriam sempre melhores que os estrangeiros! Eis porque se sentia convencional. Era um aldeão!

Falei que ainda não havia encontrado um lugar no mundo, e Jacques, olhando dentro dos meus olhos, afirmou que nada era definitivo. Nem mesmo o amor!

Senti a insegurança errante. Esperava, um dia, tal afirmação e, sabia, seria o momento de tomar uma atitude. Finalmente a condenação. Nasci para o amor, mas estava consciente de ser demasiadamente vil e ardiloso. Degluti aquela afirmação com a certeza de que ele foi traído por sua própria absorção. Perguntei como era sentir-se apaixonado, e ambos nos levantamos. Jacques aproximou os lábios do meu ouvido e sussurrou que não havia derrota no amor. Para ele, o amor estava presente também na dor e ausência. Nos abraçamos como se aquela fosse a última vez, ou a primeira, depois de uma longa espera.

Naquela manhã Luda foi às torres de Notre-Dame e, com o mesmo espanto das gárgulas, olhou a cidade. Nada disse a Jacques mas, desde a primeira vez que ali estivera, viu os monstros de pedra como acusadores. Percorreu toda a galeria entre as torres, sentindo-se uma condenada rumo ao cadafalso. Uma gárgula para cada crime. Eram muitas.

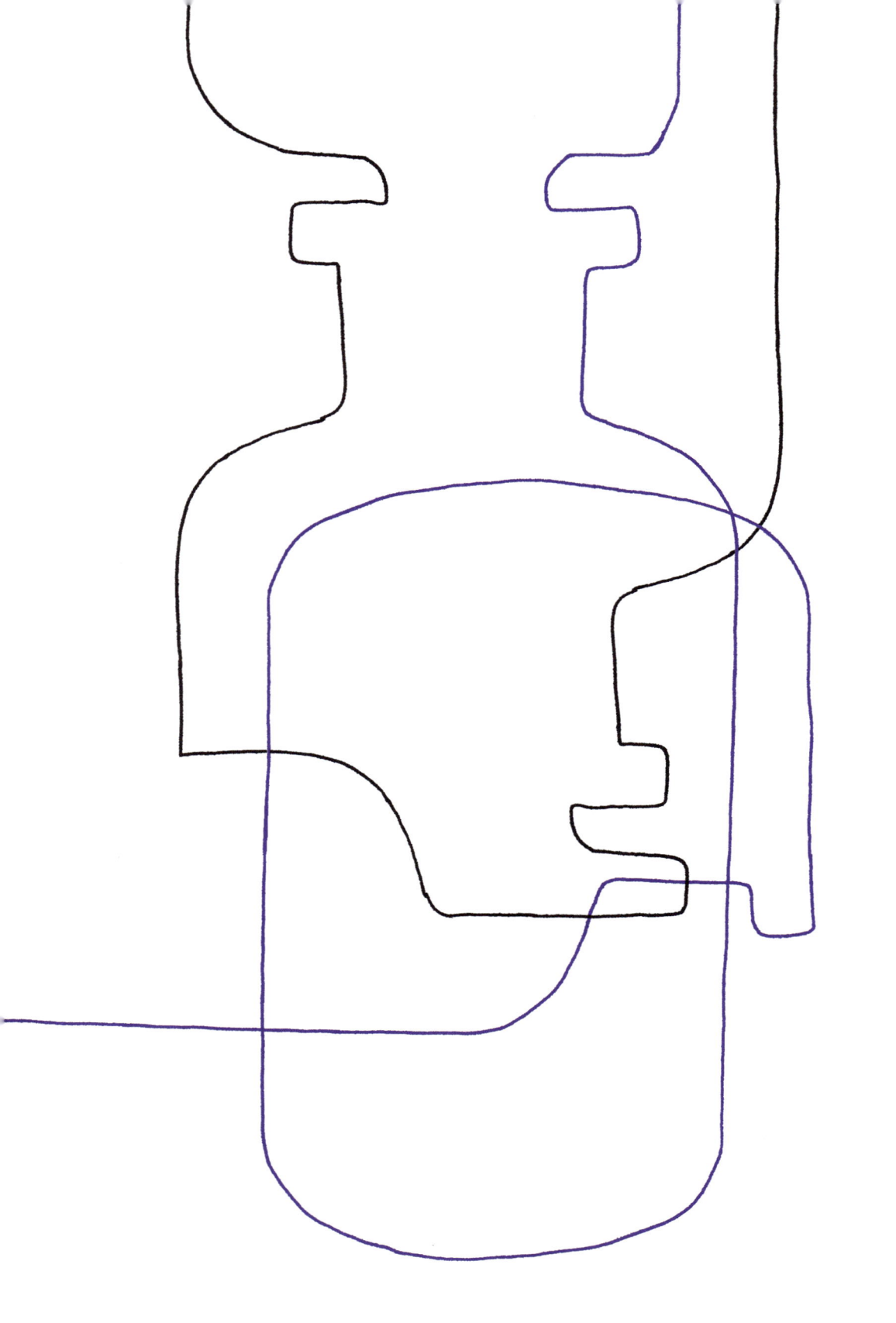

30 DE NOVEMBRO DE 1944

(...). Permaneci aproximadamente uma hora observando as estátuas. Achei arrogantes algumas, duras demais outras. Umas olham o mundo com certa timidez. Algumas não falam e nem sei se ouvem. Os monstruosos frequentadores de meus pesadelos, companheiros de uma solidão crônica, são pedras vulgares. A forma não lhes atribui alma. São rígidos, resistentes ao tempo, testemunhas discretas, comedores de segredos, espectadores, grotescos escoadouros de chuva, presságios, perturbações. Sinais da loucura humana.

Almocei num pequeno restaurante turco no Faubourg Saint-Denis e, embora não tenha o hábito de beber durante o dia, pedi vinho da Anatólia.

Entre trinta de novembro e cinco de dezembro de 1944 não havia nada de substancial no diário. Luda informava ter comprado vestidos em primeiro de dezembro, meias no dia três, tendo voltado ao restaurante turco para mais uma garrafa de vinho. Em quatro de dezembro foi aos Champs-Élysées apanhar o vestido que usaria no concerto, reclamou Wda falta de produtos de boa qualidade e dos preços, quando os encontrava. Foi à Rue de la Paix, onde comprou papel de cartas e entrou em alguns endereços de costura. Não gostou de nenhum deles, achou-os "formais demais, muito acolchoados", mas comprou perfumes. Não fez nenhum comentário sobre a ausência de Jacques. No dia cinco, escreveu:

(...). Hoje comprei uma máquina fotográfica e, outra vez, almocei no restaurante turco. O que mais me atrai ali é o vinho. A comida é o de menos. Agasalhei-me mais e sentei num banco do Palais Royal, pensando que poderia permanecer em Paris para o resto da vida. Tenho dinheiro para isso. Observei os arredores e o parque estava quieto como um lago congelado.

Mas um pisar adiantava-se pelo calçamento sob as arcadas. Fiquei imobilizada até descobrir um vulto empurrando um carrinho. Logo vi de quem se tratava. Quis aproximar-me da jovem vizinha, mas detive-me. O voyeurismo não é uma prática digna de pessoas decentes. Aguardei pelo momento ideal, por uma casualidade ensaiada.

A mulher sentou-se junto às arcadas, ao abrigo da ventania. Caminhei em sua direção abraçando o livro que trazia. Voltando os olhos para o chão, deixei cair o cachecol junto às rodas do carrinho. Com curiosidade comum, espiei o bebê e fiz um comentário convencional. Observando-o, também olhava para a mãe, que o embalava. Perguntei como se chamava. "Jacques", respondeu. Ela finalmente olhou para mim. Disse que era o nome de meu marido, e ela respondeu que sabia, que éramos vizinhas. Fingi espanto. Apresentei-me e estendi a mão, ainda mais constrangida. Ela sabe que eu a espiono. Chama-se Sara. Falei que conheci uma pessoa chamada Sara. Fora expulsa da minha cidade por ser solteira e estar grávida. Apedrejada! Ela perguntou se tinha acontecido na França. Neguei. Sara sorriu. Precisava ir. O pai do bebê iria vê-lo.

Por um tempo, várias páginas, Luda não demonstrava preocupação com a ausência de Jacques, com o fato de se encontrar sozinha. Na verdade, não parecia se ocupar de nada além de futilidades, situações tipicamente femininas. É estranho. Especialmente se considerarmos que Paris, apesar da desocupação nazista, continuava uma cidade perigosa, especialmente para uma mulher solitária. Jacques não poderia ter deixado de fazer advertências. Mas, levando em conta a juventude, as variações emocionais da retratada e, naturalmente, a efetivação de sua sensualidade, a julgaríamos pelos momentos de feminilidade e inconsequência?

12 DE DEZEMBRO DE 1944

Hoje, tive um dia cheio. Cabelos, manicure, compras, deliciosas futilidades. Fui a uma joalheria da Place Vendôme e adquiri esmeraldas para ir ao concerto. Venho sentindo lampejos de malícia como nunca. Sinto falta de alguém nesta cidade. Um homem de verdade. Desejaria conhecer um cavalheiro que me acompanhasse no concerto de amanhã. Adquiri um costume para Jacques, caso ele decida voltar a tempo.

Por que Luda se referiria a "um homem de verdade"? Jacques não era verdadeiro? Se não fosse, por que teria comprado roupas para ele? Apesar das divergências, prossigo com a história. Afinal, do que são feitos os relatos, senão de um pouco de verdade e muitas especulações? O inconsciente de Luda nos oferece uma linguagem em que tudo seria possível.

14 DE DEZEMBRO DE 1944

Fui ao concerto. No programa, o *Réquiem em Ré Menor*, de Mozart. Acomodei-me na última fileira. Ao iniciarem os violinos, fechei os olhos e deixei a mente caminhar pelo passado, assim permanecendo até a *Lacrimosa*, quando o coral faz sua revoada pelos meandros misteriosos da morte. Enquanto o coral lamentava, senti um perfume cítrico, o conhecido perfume das cartas de Jacques. Deslizei os olhos pelos ombros do homem à minha frente até encontrar a mão morena pousada sobre o apoio da cadeira. Senti amor pelo estranho e vontade de tocar seu rosto, os cabelos, abraçá-lo fortemente. Eu transpirava e fui invadida por um desejo insano. Senti culpa por aquela traição do meu corpo durante uma missa fúnebre. O calor aumentou até sufocar. Não poderia permanecer e me levantei. O coral era perfeitamente audível no meio da Place Diaghilev, atrás da Ópera. Atravessei pela esquerda e alcancei o Boulevard Haussmann. Agucei os sentidos e percebi que alguém me seguia. Em meio ao nevoeiro eu não reconhecia os lugares. Estava em pânico e, paradoxalmente, sentia o desejo escorrer pelas pernas. Meu coração sacudia o corpo e o suor fazia os cabelos colarem-se ao pescoço.

Dobrei uma esquina e percebi que para encontrar o caminho deveria voltar. Na Rue Drouot, uns olhos profundos sorriram para mim. Ali estava o estranho que há pouco eu tinha visto no concerto. Estendeu a mão em acolhida e me beijou como nunca fui beijada. Senti uma segurança imediata. Não mais estava só em Paris.

Fui conduzida pelas ruas da cidade até um edifício decadente da Rue Lepic. O estranho deslizou as mãos sob o meu vestido e apenas minha alma parecia estar presente naquela cerimônia que se iniciava. Eu poderia amar aquele homem.

Se o encontro foi real ou não, não tem importância na história de Luda. Ela, tampouco, demonstrou ter visto o estranho uma outra vez. Todavia, a intensidade do ocorrido deve ter marcado sua existência para sempre, afinal, algumas experiências são tão aflitivas que, sejam elas procedentes ou sobrenaturais, jamais poderão ser esquecidas ou ter seus efeitos abrandados.

Em uma situação natural, Luda se sentiria dividida entre dois amores e poderia dar crédito ao estranho, ao menos enquanto Jacques não retornava. No entanto, parece, Jacques personificava-se inquestionavelmente como o grande amor e trazia com ele todas as implicações que constroem parte das relações amorosas: as negativas.

Luda começava a ser assediada pelo desespero. A este, poderia agregar-se a culpa, que estaria presente em seu dia a dia, surda e punitiva, dilacerante. Não sendo ainda possível reencontrar Jacques, ela consultava a consciência como quem consulta um oráculo.

16 DE DEZEMBRO DE 1944

(...). Raramente consigo dormir e me sinto entorpecida. Se estou dormindo, é como se estivesse em coma. Desperto com qualquer ruído na rua, olho estupidamente ao redor e volto a dormir. Será o sono da morte a me assediar? Acordada, sinto um suor viscoso e nem mesmo um banho pode fazê-lo descolar do meu corpo. Devo procurar um médico? Alguém para curar-me dessa opressão? Ou será tudo transitório? Rosto e corpo de Jacques sedimentam-se. Eu o vejo diante de mim. Será que esconde algo? Seria Lombok uma invenção? Se for, Vagas do Destino também é. Estaremos predestinados a nos auxiliar na busca de nosso lugar no mundo. Isso, ou a morte.

Cerca de um mês ainda ela permaneceria sozinha. Talvez estivesse decidida a esperar pelo homem sem se preocupar com o tempo. Pouco aconteceu então.

Nas páginas escritas entre meados de dezembro de 1944 e meados de janeiro de 1945, observava-se que a única ocupação de Luda, excetuando os apontamentos, era espionar o cotidiano de Sara, que se tornava mais tenso a cada dia. Naquele que parecia ser o último dos dias de observação, lia-se o seguinte:

(...). Hoje não fechou a cortina. Talvez necessitasse de uma testemunha. Nem por um minuto deixaram a sala e era perfeitamente perceptível que o homem argumentava, embora seu rosto estivesse obscurecido pela penumbra. Finalmente ele se levantou e saiu. Uma vez sozinha, Sara deixou-se cair junto à porta e olhou para a fresta que a espionava do outro lado da rua. Senti um impulso de ir até ela. (Sem data).

O impulso solidário parece ter-se transformado em tristeza, e a tristeza em melancolia. Luda provavelmente cerrou a cortina.

25 DE DEZEMBRO DE 1944

Veio o Natal e se foi. Sem querer fugir dos restos da fé, fui à igreja ontem à noite. Mesmo custando muito admitir, sei de certas verdades, condições que tornam a minha vida irreversível. Ainda que procure não ver meus erros como pecados, encarando-os apenas como equívocos, mesmo emudecendo, não contando a ninguém sobre os acontecimentos do último ano, sepultando-os, ainda assim, não poderei ressuscitar os sonhos mortos. Minha fé tornou-se moribunda.

Neste ponto do diário, a letra caprichosa tornava-se feia, garranchosa. Luda tentava descrever seu estado de ânimo, os sonhos. Contudo, não conseguia (ou não queria) exprimir-se. Períodos inteiros estavam riscados ou tampados com mata-borrão. Outros apresentavam intrigantes usos das palavras. Arrisco pensar que a intenção de Luda, ao deixar vácuos, ou retalhar o texto, era melhorar ideias, aprimorar a construção ou reconstrução de si mesma. Ou, talvez, em tais momentos, estivesse embriagada pelo vinho da Anatólia. Por força da continuidade, transcrevo fielmente o trecho a seguir, utilizando reticências no lugar das falhas.

1º DE JANEIRO DE 1945

(...). Inquietante é a incerteza da procedência de Jacques. Chego a pensar em matá-lo dentro de mim. (...) mais forte do que eu.

Não penso mais em viver em qualquer lugar do mundo. Penso, antes (...) onde será o meu purgatório. (...).

Esta é uma madrugada luminosa. Os parisienses comemoram a entrada do ano com convicção (...). A cidade emerge das sombras enquanto eu estou submersa no amor por Jacques (...). Não sou apenas uma exilada. Sou uma andarilha, iluminada pelos fogos de Champs-Élysées.

A página de 3 de janeiro foi iniciada várias vezes. As palavras estavam rabiscadas numa sucessão que preenchia meia página, até que termos adequados fossem encontrados. Luda buscava preservar a realidade, manter o senso de continuidade.

(...) comprei vinhos, queijos, ingredientes para fazer um bolo. Limpei a casa e as janelas. Agora, permitem que o sol entre na sala. Organizei as roupas nos armários. Percebi que tenho mais do que quando cheguei. Fiz tudo isso para não deixar de estar viva. Tenho medo de deixar de ser quem sou. Medo e esperança.

Não parece que as atitudes tenham servido para conectar Luda ao real. Talvez, para sentir-se um pouco melhor, tenha considerado as palavras da bruxa: "tudo o que vê é aparência". Os afazeres de uma pessoa comum não a redimiriam.

(...). Há dois dias não consigo dormir. Ouço vozes e vejo coisas. Sei que há algo de estranho no apartamento. Se puser um prato na mesa, de repente, ele não está lá. Objetos desaparecem sem deixar sinais. Não apenas mudam de lugar ou posição, tenho observado. Vou para a rua e volto quando o dia está claro. (Sem data).

Jamais soube se minha amiga acreditava no sobrenatural, mas posso ter me enganado, ou ter sido enganado por ela. Há pessoas capazes de elevar fatos duvidosos à categoria de verdades absolutas. Envolvem-nos com relatos fantásticos e sedutores. Nem sempre é possível perceber um padrão de inventividade. Algumas dessas pessoas são capazes de tanto esmero, que atribuem simetria e procedência a experiências tormentosas. Se era o caso de Luda, não quero desaprovar suas atitudes. Elas são benéficas para este livro.

16 DE JANEIRO DE 1945

Não consigo dormir. Sinto a falta de Jacques. Escrevi uma carta a Sara Bluma. Conversei com personagens dos livros que li, expurguei minha genealogia, indo o mais distante possível no levantamento dos parentes, inventariei os meus bens, planejei viagens. Finalmente consegui um sono leve, desses que temos quando surge o medo de morrer. Uma hora depois, acordei com um movimento na cama, ao meu lado. Fiquei paralisada, mas logo senti um delicioso perfume de limão se espalhar pelo ambiente e pensei: não é tão letal. Permaneci imobilizada por um longo tempo, apenas sentindo o perfume. Quando já não podia mais suportar o prolongamento daquele jogo de adivinhação, saltei da cama e me pus em pé. Ali estava Jacques, como se jamais tivesse me deixado.

O retorno de Jacques ocorreu no momento em que os sinais de culpa e autocomiseração estavam mais presentes em Luda. E é o momento em que as personalidades de ambos mais se misturam, fundem-se, amalgamam-se. Quase tornavam-se experiências de uma mesma pessoa.

NO

17 DE JANEIRO DE 1945

Jacques voltou para casa e estamos felizes, embora seus pensamentos sejam demasiadamente evaporantes. Sento-me no parapeito e quero voar. Achamos que está deixando a vida. Já se sente como um espectro e eu tenho alucinações também. Levitamos durante a noite (...). Pobre de mim. O que mais vai acontecer?

Luda não saberia dizer quanto de sua experiência anterior era verdadeira e quanto fora apenas um álibi para livrar-se das opressões. Jacques poderia estar sendo vítima da mesma infelicidade e igual arrependimento.

18 DE JANEIRO DE 1945

Jacques contou que tentara a vida como alguém imune aos ressentimentos. Depois, viu limites também nisso. Falou da guerra, sobre atitudes que ainda deveriam ser tomadas, embora não se referisse a elas de forma concreta. Questionei quais seriam essas atitudes. Não quero um Jacques inventado. Quero que seja verdadeiro, que tenha uma história verdadeira e me fale sobre ela. É tudo de que preciso para acreditar. Caso contrário, penso em fugir (...).

Luda suspeitaria que Jacques não estivesse em nenhum lugar do plano físico? Impossível saber. O trecho que poderia oferecer a resposta encontrava-se mutilado. A página estava irremediavelmente perdida, totalmente tomada pela tinta vermelha e, provavelmente, a intenção era essa:

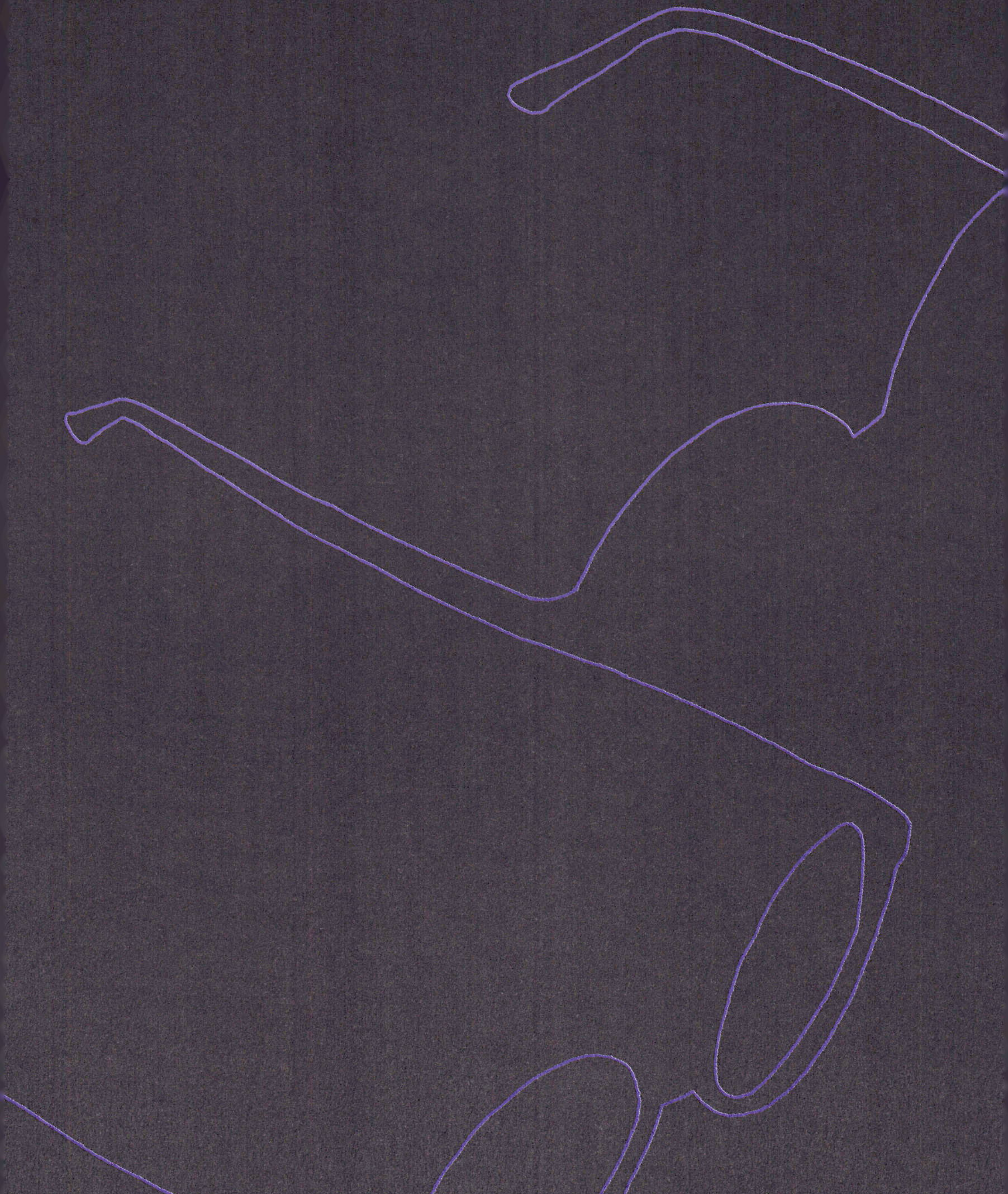

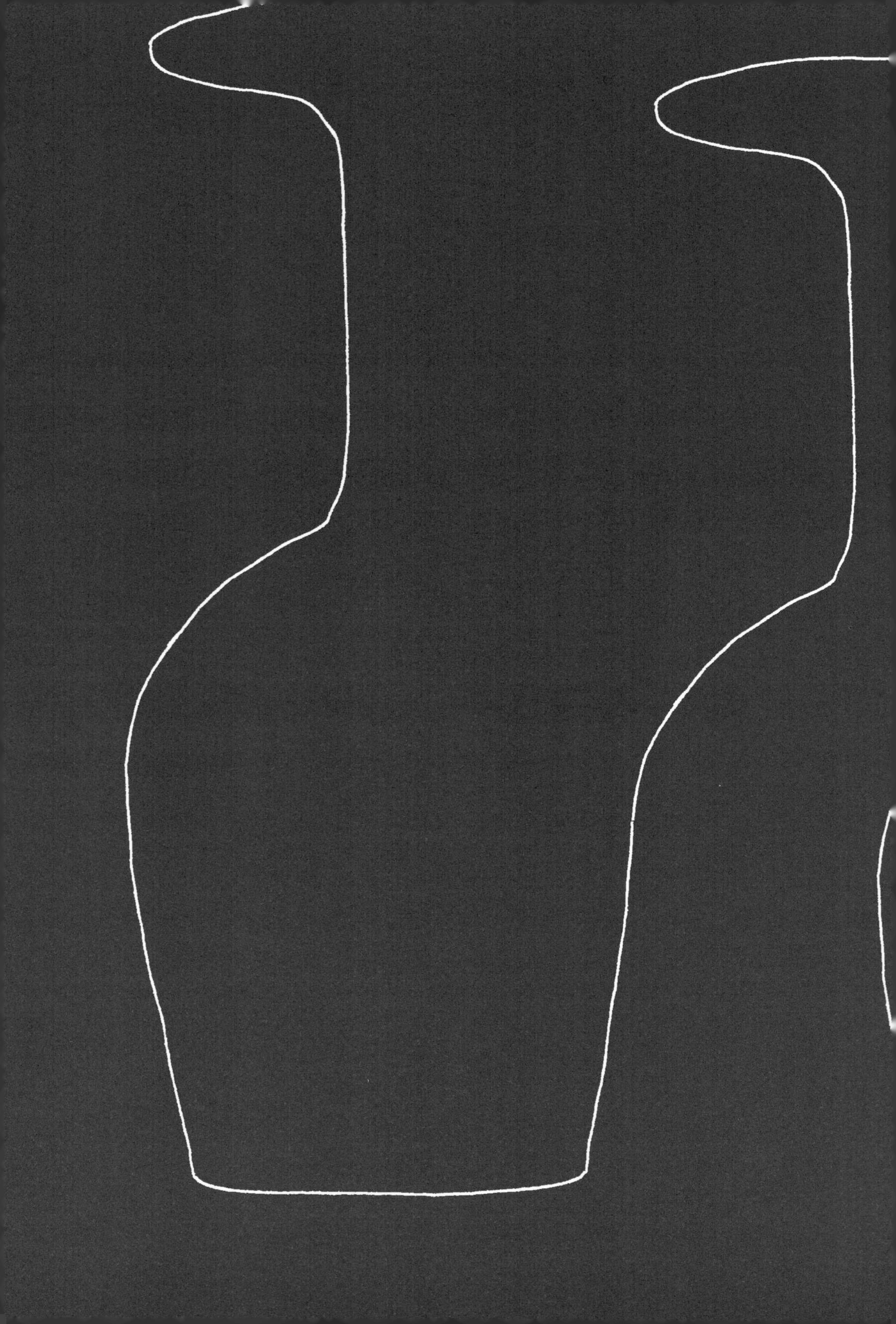

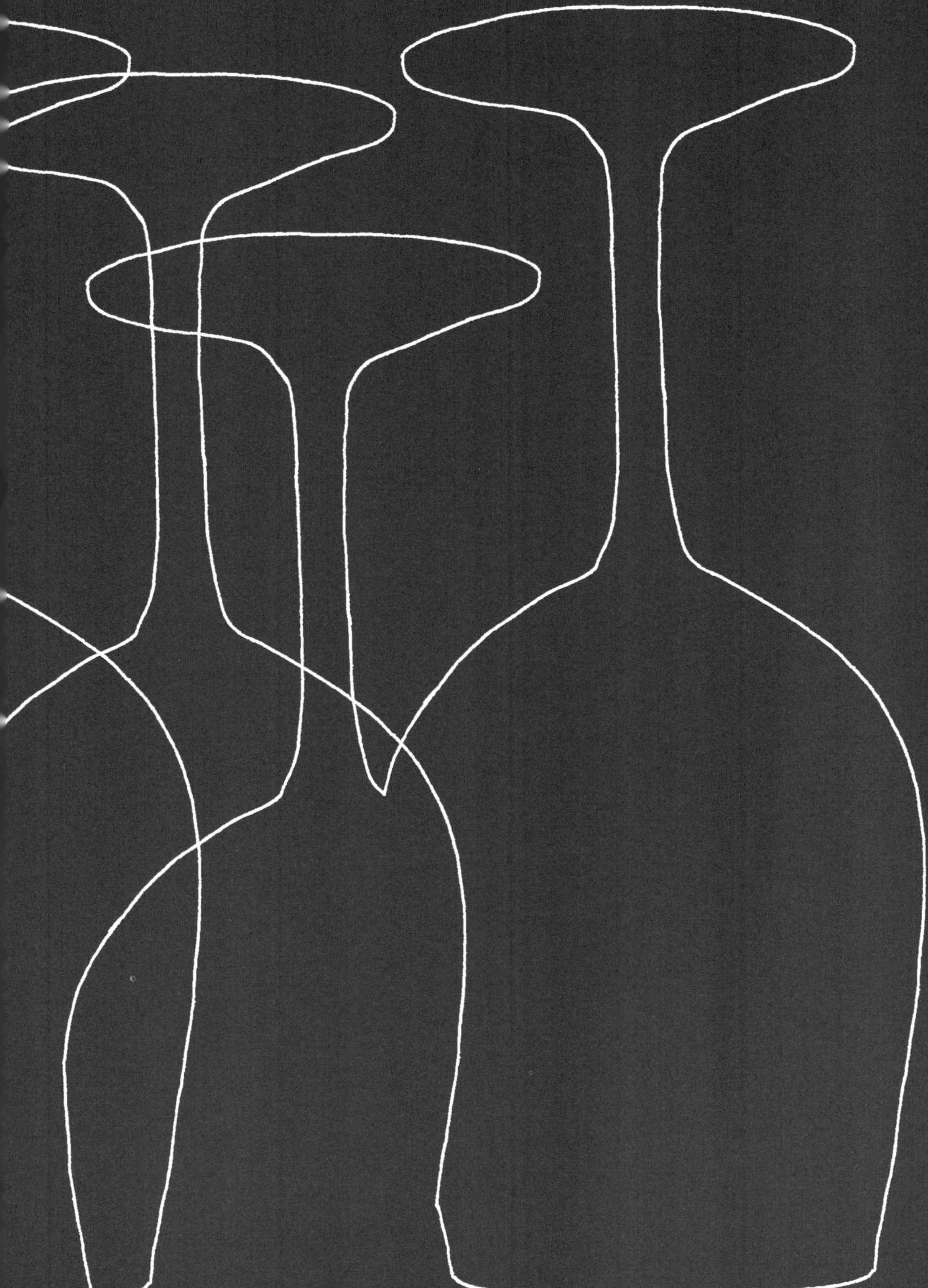

deixar sem referências o momento no qual já não havia forças para prosseguir. Apesar de tudo, Luda ainda teria uma possibilidade de se ver livre das garras da tragédia, provar a si mesma que a conexão com Jacques era procedente. A oportunidade se apresentou no início do mês de fevereiro.

7 DE FEVEREIRO DE 1945

Há três dias Jacques foi à janela e olhou o sol acariciando a rua. Quis passear pela cidade e tomar um drinque. Foi como um primeiro encontro rever Paris. Tive esperança de que nos casaríamos. Seguimos para Les Halles e eu comprei uma garrafa de vinho e dois copos no *Bistrot* d'Eustache. (...).

Imagino um diálogo possível.
— Como se sente? — perguntou Luda.
— Como se renascesse — respondeu Jacques, tomando parcimoniosamente de seu vinho — e também como se estivesse prestes a morrer...
— Estou feliz por vê-lo sorrindo. Embora seja um sorriso tímido, estou feliz...
— Também estou. Mas não tenho a felicidade ingênua de outros tempos... É como se não pudesse recuperar o riso ou a satisfação. Mas não lamento.
— Acho compreensível.

(...). Ele iniciou uma frase, parecia querer confessar algo e eu me antecipei. Ele emudeceu e não pude conter o seu olhar. As lágrimas foram inevitáveis. Eu queria saber, embora aquilo pudesse representar o fim.

Caminhávamos pela Rue Rambuteau e, até aquele momento, eu pensava no quanto amava aquela cidade. Senti, então, o cansaço que nos abate após uma longa jornada. Sugeri que nos sentássemos diante da igreja de Saint-Eustache. Jacques serviu mais do vinho que trazia.

Seguindo as recomendações recebidas junto aos pertences, ainda há pouco, queimei todas as evidências, exceto o frasco de vidro e a última manifestação de Luda, datada de 19 de janeiro de 1996 e destinada a mim:

> Tanto tempo passei revoltada contra o mundo. Tanto tempo esperei sem respostas. Tanto tempo idealizei e odiei Jacques. Agora, quando vejo a morte se aproximando, penso em nós com clareza. Nosso amor valeu cada momento de sofrimento. Levo comigo a lembrança de nuvens negras sobre Saint-Eustache. Quando fecho os olhos, é daquela igreja que me lembro. E nosso beijo é novamente abençoado pela chuva fina. Ela será eterna.

Lombok existe realmente. Está no mapa, entre Bali e Sumbawa. É a única certeza acerca desta história. Todavia, eu não ousaria explicar a estranha impressão de ter visto, pela janela deste quarto de hotel, ainda há pouco, no apartamento de Sara do outro lado da rua, uma mulher sem cabelos abrir a porta, sorrir ao ser beijada por um homem e, depois, fechar a cortina.

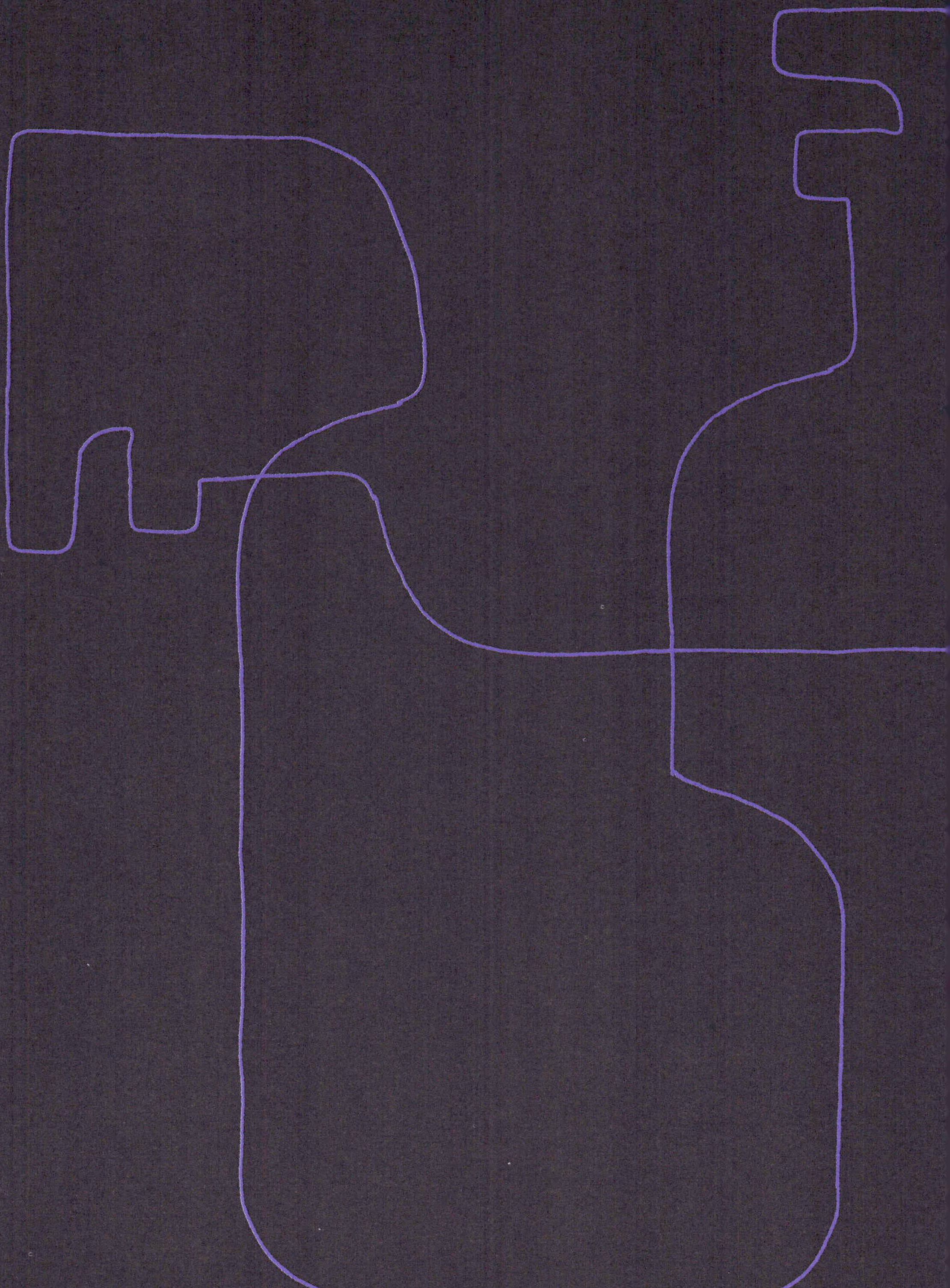

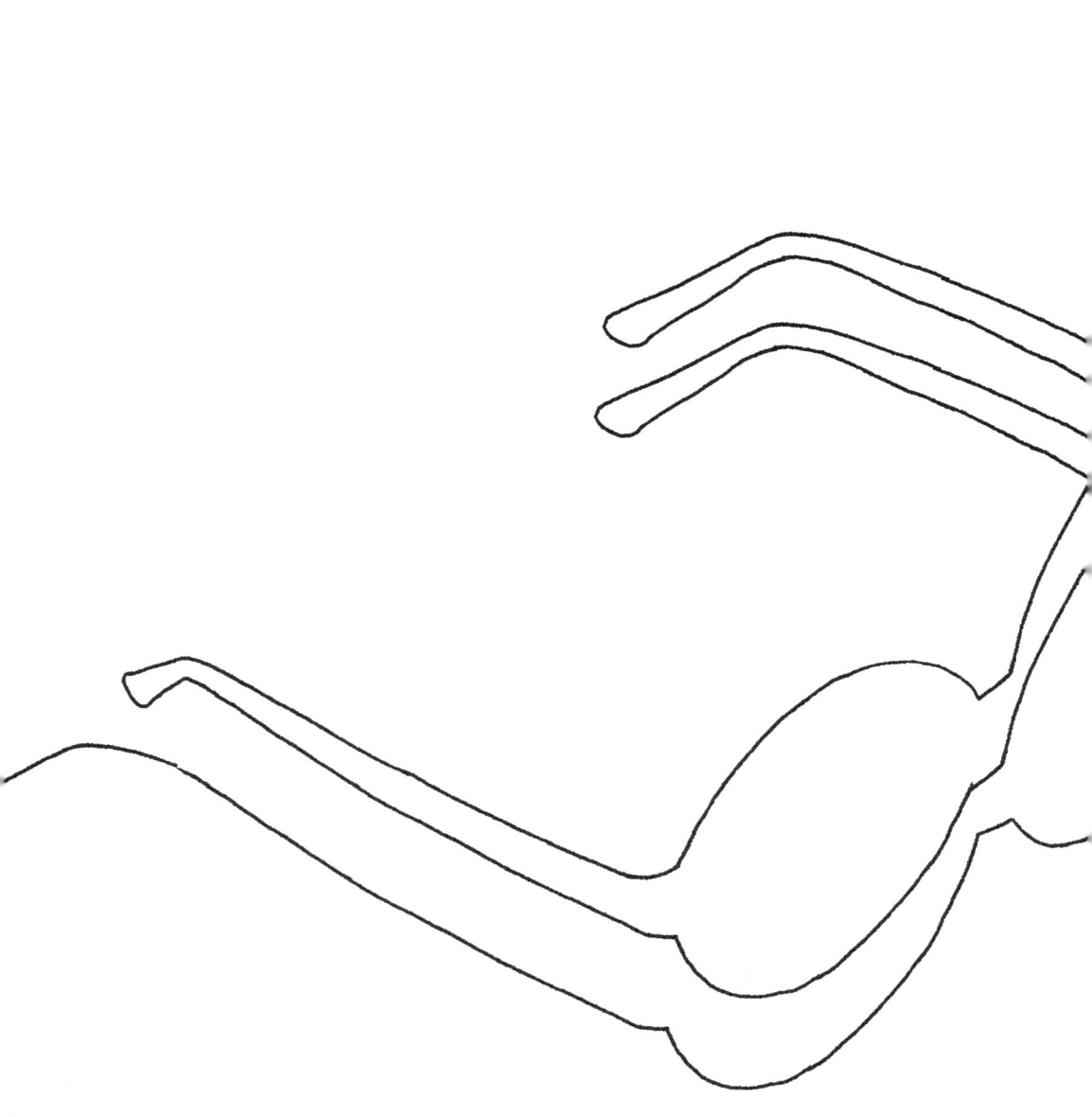

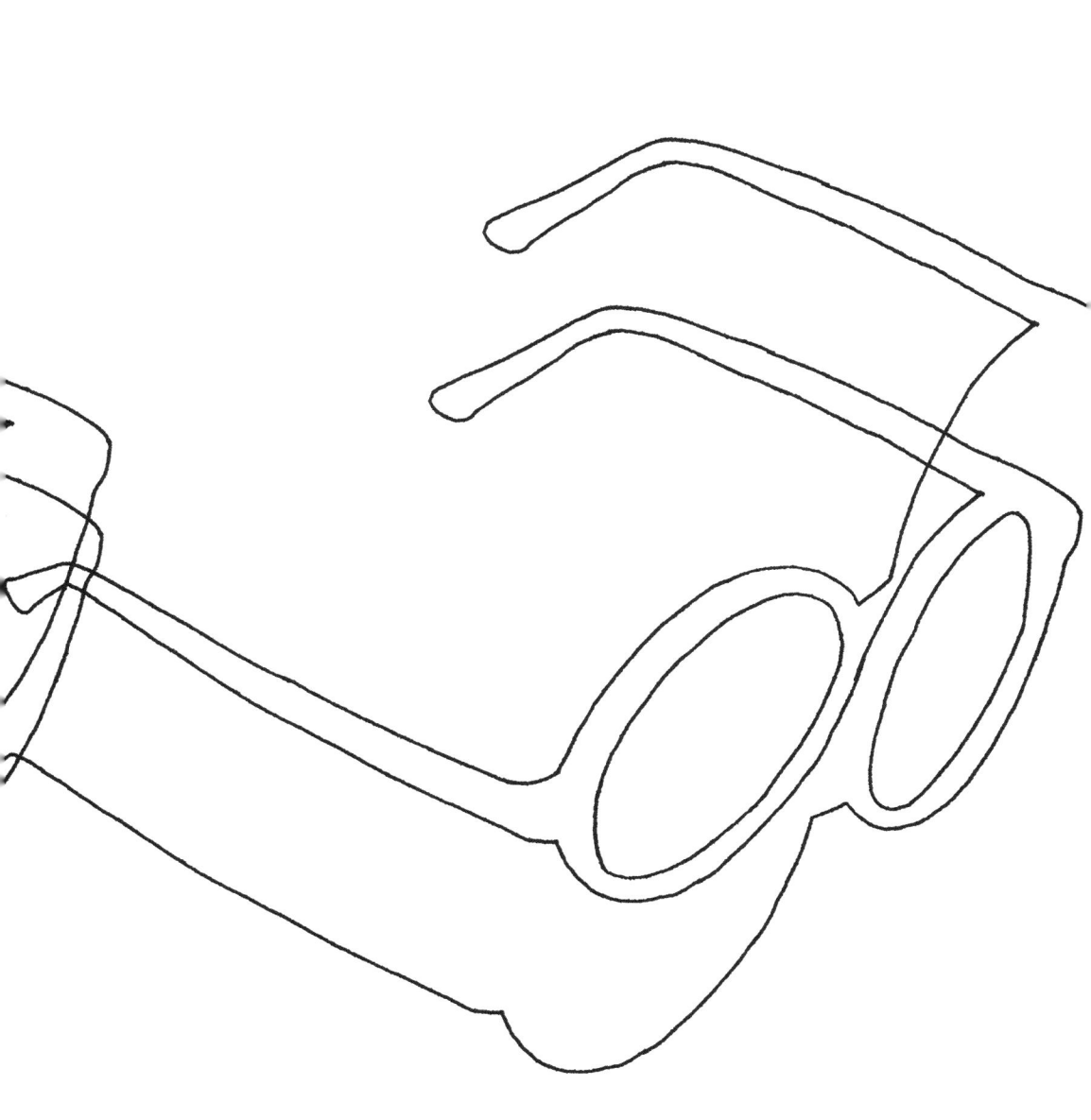

DAVID LABS

é sociólogo, professor universitário e atua como articulista. Nascido em Assis (SP), venceu o prêmio AFALESP de 1997 com o conto *O Homem Só* e, nas edições seguintes, classificou as obras *O Caso dos Filhos de Job* e *Cotidiano*, garantindo o segundo e terceiro lugares nos certames. Publicou recentemente dois contos em uma coletânea e *A última carta* é seu primeiro romance.